**Der Tod ist
ein Postmann mit Hut**

Martin von Arndt

Der Tod ist
ein Postmann mit Hut

Roman

Klöpfer & Meyer

Ah, look at all the lonely people.

I.
Zwischen Malmö und Mailand

1.

Der Tod ist ein Postmann mit Hut. Jeden ersten Mittwoch im Monat bringt er mir ein Einschreiben. Er hält mir sein tragbares Terminal hin und einen Stift, der aussieht wie ein krumm geschlagener Zimmermannsnagel, und ich krakle einen großen Kreis, dazu inmitten des Kreises einen Haken von rechts nach links und einen von oben nach unten, etwas, das aussieht wie eine gewagte, eine gewogene und doch für zu leicht befundene Unterschrift. Dann deutet er, der mich längst duzt und den ich nicht mehr sieze (aber ich vermeide auch jede direkte Anrede), ein Lächeln an und fährt mit dem Zeigefinger flüchtig an seine Kopfbedeckung, einen Tirolerhut. Ich biete ihm Wacholderschnaps an, den ich zuvor in ein Stamperl gegossen habe (und von dem ich selbst nicht trinke), er stürzt das Destillat, indem er den Kopf in den Nacken wirft und dabei die Augen zukneift, bleckt die Zähne, schnalzt einen vollendeten Knacklaut mit der Zunge, lächelt, führt den Zeigefinger abermals flüchtig an den Hut und dreht sich auf der Schwelle. Ich sehe ihm noch einen Moment nach, seinem hatschenden Gang, den die scherenförmigen Beine verursachen, und ziehe mich mit dem leeren Glas und dem Einschreiben zurück in meine Wohnung. Dann setze ich mich damit an den Tisch. Ich rücke mit dem Stuhl ein wenig ab, um ein Bein übers andere zu schlagen. Ich warte.

Warte und betrachte die mal volle, mal halbvolle oder leere Wacholderflasche oder das Schnapsglas. Ich zähle die Fliegen unter der Zimmerdecke. Insektensütterlin. Ein stilles Mobile. Ich warte. Eine Stunde oder auch zwei. Das Einschreiben sehe ich nicht an.

Wenn es soweit ist, dem Außenstehenden mag es vorkommen wie ein Bereitgewordensein, rücke ich mit dem Stuhl an den Tisch heran und öffne das Kuvert mit dem Zeigefinger. Meine Bewegungen sind so achtsam, daß ich nicht einmal das Reißen der Papierfasern höre. Vielleicht diesmal, jubelt etwas in mir einem neuen Ausgang des Spiels entgegen. Aber nein. Wieder nur das einmal gefaltete leere Blatt. Das Monat für Monat wiederkehrende weiße Papier, ein anonymes Schreiben in einem Standard-Umschlag. Heute wie letzten Monat. Wie vorletzten Monat. Heute wie immer.

Ich atme aus, lege es langsam zurück auf den Tisch, lange nach einer Schachtel Zigaretten und trete auf den Balkon. Auf dem Dach des gegenüberliegenden Hauses putzt sich eine braun-grau gesprenkelte Taube das Brustgefieder. Anschließend sind die Flügel dran, ein kompliziert wirkender Vorgang, der Mutlosigkeit in mir aufsteigen läßt.

Diese Mutlosigkeit, eine moralische Schwäche vielleicht oder auch einfach eine psychische Überwältigung: Sie kommt wiederkehrend und unversehens über mich. Sie überkommt mich beim Schuheputzen, bei häuslichen Kleinreparaturen. Alles wird schwarz, alles wird schwer, unerträglich schwer, zu schwer für mich, unerträglich für mich, und dann weiß ich, es ist genug, ich halte dieses Leben, mein Leben, das Leben schlechthin, nicht mehr aus. Ich muß mich befreien, mich freischwimmen. Nicht schwimmen, tosende Wogen überwinden, wie Mao gesagt haben soll.

Es fällt mir schwer, eine Zigarette anzustecken, die Luft ist regengeschwängert. Der Tag hängt tropfnaß an einer Wäscheleine und fällt gelegentlich, von Windstößen erfaßt, in den Rasen, um dort Lachen um sich her zu bilden und so lange liegenzubleiben, bis eine vierschrötige Hausfrau ihn aufhebt, kräftig durchschüttelt und unter lautem Schimpfen zurück auf die Leine befördert.

Ich rauche und sehe um mich. Die Berge starren zurück, in ihrem undurchdringlichen Schmutzigblau. Längst empfinden wir Überdruß, einander anzusehen, die Berge und ich.

Der Tag zappelt wieder. Innerhalb weniger Minuten wird sich der Himmel mit schwerem Gewölk überziehen, es wird zu dunkeln beginnen, trotz der Morgenstunde, und dann wird ein heftiges Gewitter über der Stadt liegen, das sie an allen Enden zusammendrückt und neu faltet.

Seit Tagen nieselt es. Wolken ziehen um die Gebirgsnasen und kitzeln sie. Dann und wann niesen sie und es platzen Regengüsse in die Straßen, die das Wasser auf dem Asphalt speichern. Autos geraten ins Schleudern, vergraben sich ineinander. Die Sirenen der Ambulanzen heulen *Somewhere over the Rainbow*, immer die Strophe, ohne die Bridge. Innsbruck deprimiert mich, denke ich wieder einmal, ich hätte es lassen müssen. Plötzlicher Zahnschmerz, den der Rauch, den ich inhaliere und durch die Mundhöhle wehen lasse, noch verstärkt. Die Taube spreitet ihre Federn, zeigt einen makellos wirkenden weißen Rückenflaum. Nach getaner Arbeit versenkt sie den Kopf unter den Fittichen.

Ich kehre zurück ins Wohnzimmer, mein Blick fällt auf Hose, Krawatte und Sakko. Schwarz, zerknüllt, liegen sie auf, liegen sie neben dem Bett.

2.

Gestern haben wir den Grantler begraben. Der Regen hatte eine Pause gemacht, gerade lange genug, um ihm auf der Gitarre seinen Lieblingssong zu spielen, *Eleanor Rigby*. ›Ah, look at all the lonely people‹. Ich verzichtete auf meine China-Triller und flüchtete mich, kaum war der Schlußakkord verhallt, mit den anderen unter das Vordach der Aussegnungshalle. Drinnen waren schon die Melodien der nächsten Leich zu hören.

»Bei dem Wetter sterb ma noch alle«, sagte einer mit Tirolerhut, der mein Postmann hätte sein können, und versuchte, weiter weg von der nach allen Richtungen spritzenden Traufe zu kommen. Dabei schob er mich in den Regen. Dem Grantler hätt's gefallen, dachte ich. Er liebte die Stadt unter einer Decke aus Regenwolken. Ich stellte mir vor, wie er da oben in der Nässe saß, Hut und Mantel hatte er abgelegt, und lachte und sich freute über das Wetter.

Ich beschloß, kein Taxi zu nehmen, und ging am Fluß

entlang nach Hause. Mit dem immer selben Abstand lief vor mir eine etwa fünfzigjährige Joggerin im fliederfarbenen Trainingsanzug. Wurde ich schneller, erhöhte sie das Tempo, blieb ich stehen, um mir die Schuhe zu binden, hörte ich, wie auch sie ihren Tritt verzögerte. Dabei intonierte sie atemlos und mit viel zu hoher Stimme Kirchenlieder, unterbrochen von bellendem Husten. Entweder sie verschluckte sich an ihrem Speichel oder an den Regentropfen. Ich hoffte auf eine dicke Schmeißfliege oder einen Schmetterling, der ihrem *Segne du, Maria, segne mich, dein Kind, daß ich hier den Frieden, dort den Himmel find!* aus weit geöffnetem Mund endgültig den Garaus machte.

Der Inn floß braungelb und rasch dahin, als müßte er sich selbst etwas beweisen. Er schlingerte dabei. Vielleicht war er drauf und dran, sich zu übergeben. An der alten Brücke standen Menschentrauben, die bunte Regenschirme hielten und stumm in den Fluß starrten. Der leckte gierig an den Ufersteinen und begann, hin und wieder die Böschung zu erklettern. Ich stellte mich dazu, um nur endlich außer Hörweite der joggenden Gottesbraut zu geraten. Ohne Regenschirm. Und ohne Kapuze. Am Kragen war mein Jackett vollständig durchfeuchtet und hatte eine tiefschwarze Farbe angenommen. Es begann, nach Friedhof zu riechen.

Zuhause warf ich die klammen Sachen irgendwohin und legte mich ins Bett. Ich war gefaßt auf eine schwere Erkältung, aber sie blieb aus. Ich schlief den Tag, die Nacht, ich wartete nicht auf den Postmann, aber ich wußte, er würde pünktlich sein. Es war die Nacht auf Mittwoch. Den ersten Mittwoch im Monat.

3.

Zurück am Tisch schiebe ich das Blatt zurück in seinen Umschlag, versehe ihn mit Monats- und Jahreszahl, lege ihn zu den anderen auf den Stapel in der Schublade und schließe sie. Ich setze mich und beginne zu schreiben: Gestern haben wir den Grantler begraben. Zaghaft schreibe ich, mit müden Gedanken.

Ein müder Mensch sei ich, notiere ich. Notiere, was Ines einer Freundin am Telefon sagte, als sie von mir erzählte. Nicht in dem Sinne müde, daß ich irgendjemandes oder irgendetwas müde sei, auch nicht meines Daseins. Nicht in dem Sinne, als könnte mir das Leben keine Überraschungen mehr bereiten, als langweilte es mich zutiefst, als könnte ich zielsicher die Bahn vorhersehen, in der mich die Ereignisse treffen. Im Gegenteil, das Leben bereite mir jeden Tag mehr Überraschungen, mehr als mir lieb sei, und ich sei auch kein guter Augur.

Einfach nur ein allzeit müder Mensch, sagte sie, dachte sie, schreibe ich, langsam, mit müden Gedanken. Dann werde ich schneller. Immer schneller. Wie immer, wenn ich mein ›Nächtebuch‹ führe, denn meine Nächte sind die besseren Tage, so schreibe ich. Ich suche, die Zeit urbar zu machen. Alles, was bleibt, sind diese Zeilen auf weißem Papier. Darum dreht sich die Welt. Meine Welt.

4.

Das erste Einschreiben erhielt ich vor fast zwei Jahren, an meinem vierzigsten Geburtstag. Mein Postmann verglich damals noch den Namen auf dem Kuvert mit dem in meinem Personalausweis, in den er Einsicht nehmen wollte. Er stutzte, als er sah, daß ich Deutscher bin, zuckte mit den Schultern, murmelte umständlich etwas auf tirolerisch, vielleicht ein Wort des Verzeihens, ich sei deswegen ja noch kein schlechter Mensch, und griff sich an die Kopfbedeckung. Dann händigte er mir gegen meine Unterschrift einen Umschlag aus, der keinen Absender trug, ich sah den Hut im Treppenhaus untertauchen und glaubte, als er endgültig verschwunden war, an einen dieser österreichischen Sonderwege. Tragen sie hier eben Hut, die Einschreibeboten, keine Mütze, keine Kappe, sondern Tirolerhut. Hier ist eben alles ein wenig Folklore, dachte ich.

Das leere Papier entnahm ich dem Kuvert, während ich mir die Zähne putzte. Ich studierte es von beiden Seiten, biß auf die Zahnbürste, um auch die rechte Hand freizubekommen, und durchsuchte den Umschlag so lange, bis ich sicher sein konnte, daß er nichts weiter enthielt, und mir portionsweise Schaum den Rachen hinabrann. Bestimmt ein Versehen, der Absender würde sich gehörig ärgern, wenn er zuhause feststellte, daß die wichtigen Unterlagen noch immer auf seinem Schreibtisch lagen und er nichts oder so gut wie nichts für sein Geld verschickt hatte. Er würde sich vornehmen, künftig konzentrierter ans Werk zu gehen und einen neuen Umschlag bereitlegen.

Trotz des ersten Impulses warf ich das Einschreiben nicht weg. Es stand doch so zweifelsfrei mein Name auf dem Adressatenfeld und keiner auf dem, das dem Absender vorbehalten bleibt, daß ich mich anmaßend, ja, pietätlos gefühlt hätte, dieses Dokument einfach zu vernichten. Und ich wartete auch vergeblich auf weitere Geburtstagsgeschenke, nimmt man einmal den gehetzten, aber nett gemeinten Anruf meiner geschiedenen Frau aus, die im Urlaub auf den Malediven war, und deren durch Funkunterbrecher zersplitterte Silben ich kaum verstand. Wie sonst hätte ich mir ihr »Spiel schön« zum Abschied erklären können.

Ich vergaß den Brief. Die folgenden Tage war ich in eine neue Produktion eingebunden: ›Chop-Suey-Classics‹. Ich war froh, im Studio den möglichen Nachwehen einer Geburtstagsdepression entgehen zu können. Ich spielte sanfter und exakter als sonst, meine Finger liebkosten den Walnußhals meiner Gibson Super 400, als gälte es, mit dieser Gitarre mein Leben zu verteidigen, zu rechtfertigen, zu entschuldigen.

Seit langem lebe ich davon, oder besser: damit, eigentlich lebe ich *damit*, Klassiker der Unterhaltungsmusik für chinesische Schnellimbisse zu bearbeiten. *Running up that Hill*, *Eleanor Rigby*, *In-a-gadda-da-vida*. Meine CDs heißen ›Achtzehn Kostbarkeiten‹ und ›Glück für die ganze Familie‹.

»Aber Chop-Suey-Classics«, so schwatzte mein Produzent Paintner in liebenswürdigem Legato und wedelte sich mit einem Satz Noten die schlechte Kellerluft seines engen

Studioraums zu, »wird der endgültige Durchbruch. Breakthrough, undsoweiter undsoweiter!«

Jetzt hätten wir einen international agierenden Vertrieb, einen Globalplayer (die erste Silbe sprach er österreichisch, die zweite englisch aus). Überall zwischen Malmö und Mailand werde von jetzt an zu meinen CDs gegen wenig Geld Huhn Sezuan und Bami Goreng gereicht, und krachend und lachend verspeise das junge Publikum Krabbenchips, während es von meinen China-Trillern umschmeichelt werde. *Smells like teen spirit.* Mit Geschmacksverstärker.

»Aber kannscht dir das vorstellen, Alter?«

Ich konnte es nicht. Ich wollte es nicht. Ich dachte an Schlachtfabriken, an Klumpen aus Blut und Federn, bekleckerte mein Hemd mit Kaffee, und drängte darauf, mit den Aufnahmen zu beginnen.

Es ist nicht so, daß ich mich für diesen Lebensunterhalt schämte. Auch wenn ich die von Mutter eingepeitschten Gedanken nicht ganz habe abstellen können, daß ich dafür nicht jahrelang Jazzgitarre hätte studieren müssen. Es war ja nicht einmal meine Idee. Als sich meine Frau von mir trennte und ich bis zur Scheidung finanziell auf mich selbst gestellt war, bewarb ich mich auf eine Annonce:

›Paintner. Musikproduktionen. Studiogitarrist und Arrangeur gesucht. Livetauglichkeit unwichtig‹.

Das war gut, denn livetauglich war ich noch nie. Bei Musicalproduktionen, in denen man die Musiker ohnehin nur erahnen konnte, stellten mich die Regisseure immer so, daß mich die Lichtkegel, selbst wenn sie streuten oder außer Kontrolle zu geraten drohten, kaum mehr erreichen konnten. Weder mein Gesicht mit der viel zu großen Nase, noch die Körperform oder meine Haltung waren gemacht für die Scheinwerfer, deren Licht reflektiert wurde von meiner Stirn, die von Jahr zu Jahr ein wenig höher geworden war und eine streng nach hinten sich verjüngende Wulst auf meinem Schädel entblößte.

Einmal spielte ich in meinem Halbdunkel aus Protest mit dem Rücken zum Publikum. Ich rechnete mit einem Rausschmiß, aber der Regisseur schüttelte mir nur leutselig wie immer die Hände (er hielt mich für seinen zweiten Dramaturgen), und der zweite Dramaturg meinte trocken: »Nicht schlecht. Das machen wir jetzt immer so.«

5.

Paintner, ein Mann unschätzbaren Alters, der 40 sein konnte, oder aber Mitte 50, saß in einem ausgebauten Hobbyraum, den er hartnäckig ›Produktionszimmer‹ nannte (»Aber geh' ma doch in mein Produktionszimmer«), und starrte, während ich ihm auf der Gitarre vorspielte, auf die flackernde Neonröhre eines ›Achtung-Aufnahme‹- Schildes. Als ich fertig war, nickte er zweimal kräftig und sah auf meine Hände, die rot waren wie immer, auch wenn die aufgekratzten Stellen bereits verschorften. Ich war nervös. Ich hatte ja ein Vorstellungsgespräch.

»Aber ein Wunder, daß Sie mit den Griffeln überhaupt Gitarre spielen können.«

Ich stellte das Instrument ab und klemmte meine Hände zwischen die Innenseiten meiner Schenkel.

»Aber gut. Gutgut. Ja, das wär das Richtige. Arrangieren kannscht sicher auch, undsoweiter undsoweiter?« fragte er, ging zu einem Plattenspieler, der auf einem leise surrenden Tischkühlschrank stand, und legte den Tonarm behutsam in eine Rille. Die ersten Töne von *Eleanor Rigby* waren zu hören.

»Aber jetzt die Frage aller Fragen: kannscht auch Chinesisch?«

Ich sah ihn an. Paintner lachte gekünstelt. Und viel zu lang. Meckernd lachte er, aber nicht ziegisch, eher wie ein rostiger Fuchsschwanz, der nach dem Frühjahrsschlag in einem Holzstamm vergessen worden ist und nun unter Aufbietung roher Gewalt aus seinem halb überwachsenen Gefängnis befreit werden mußte. Paintner verstummte und lehnte sich genüßlich in seinen Sessel zurück.

»Spielen mein ich, spielen. So Verzierungen, so süßliche. Halt das ganze Ding-Ding-Dong vom Chinamann, verstehscht?«

Ich holte tief Luft durch die Nase, nahm Paintners Aura als Schweinsbraten-mit-Knödeln-Geruch wahr. An der Wand flimmerte orangefarben ›Achtung Aufnahme‹. *Ah, look at all the lonely people.*

Ich hatte den Job.

6.

Wie die beiden zuvor, so war auch das dritte Einschreiben an ›Julio C. Rampf‹ adressiert. Eine offenbar amerikanische Variante meines Namens; ein Phänomen, das mich kein bißchen weiterbrachte bei der Suche nach dem Absender. Ich kannte keinen Amerikaner.

Als wir den Vertrag aufsetzten, stutzte Paintner das erste Mal, als er meinen Geburtsort las. Mit schielendem Blick sagte er: »Ach, Braunschweig.« Er lehnte sich in seinen Sessel zurück und begann zu rezitieren:

»Es war ein Sänger aus Braunschweig
Der spielte so gern auf dem Bahnsteig
Griff kühn in die Saiten
Sich selbst zu begleiten
Ein Zug zermalmt' ihn zu Fleischteig.«

Während ich ihn lachen hörte, sah ich zur Decke, zählte Weberknechte. Bei sieben verstummte Paintner plötzlich. Ich blickte zu ihm hinüber, sein dunkelgebräuntes Skilehrergesicht bekam tiefe Falten, dann kniff er die Augen dreimal hintereinander zu, setzte sich auf und schlug mit der flachen Hand auf den Schreibtisch.

»Aber toll. Wir lassen den Rampf am End' weg, ischt ja schlimm. Julio Christian, da muscht dich nicht mal an einen Künstlernamen gewöhnen. Julio Christian, klingt wie ein südamerikanischer Gitarrentraum. Schad, daß ma nur Chinesisch köcheln, was?«

Während Paintner wieder herausplatzte mit seinem

faustgroßen Lachen, suchte ich ihm zu erklären, daß der Name nicht ›Chulio‹, sondern ›Julio‹ ausgesprochen werde, mit J wie Julia. Oder Jedermann. Paintner wimmerte noch in ausklingenden Lachstößen, blinzelte, dann lächelte er beseligt. Und nennt mich seither ›Kchrischtian‹.

II.
Rucola und Ameisen

7.

Längst war ich vierzig Jahre alt. 40 ⅙, um genau zu sein. Vor 366 Tagen hatte Ines ein letztes Mal bulgarisches Rosenwasser auf die überall in unserer gemeinsamen Wohnung aufgestellten Blumensträuße gesprüht (weil die Rosen, wie sie betonte, sonst heutzutage gar nicht mehr richtig dufteten), sie hatte die Schlüssel zurückgegeben und mir drei beglaubigte Kopien unserer Scheidungsurkunde auf den Küchentisch gelegt.

»Ich hab für dich gleich ein paar mitgemacht, die braucht man doch immer.«

Ines trank ihren Kaffee wie üblich nicht ganz aus und stellte die Tasse in die Spüle (mit dem verbliebenen Rest der Flüssigkeit bekleckerte ich Tage später, wie üblich und als wäre inzwischen nichts geschehen, den Boden vor der Spülmaschine). Dann lehnte sie ihre Stirn flüchtig an meine – ich roch das Rosenwasser – und sagte: »Den Gummibaum und die Blumen behältst du.«

Ich nickte. Ich habe nicht nur den Gummibaum behalten.

Zwei schwere schwarze Müllsäcke hatte mir Ines in den Keller gestellt, sie wolle die Gelegenheit wahrnehmen, ihr Leben auszumisten. Unser Leben auszumisten, dachte ich. Wahllos zusammengesammelte Muscheln, speckige Metrokarten aus den europäischen Kapitalen, Visa, unachtsam eingesteckte touristische Prospekte von Nirgendwo, und der hünenhafte Plüschpanda, Teil einer meiner Bühnendekorationen, den ich ihr zum Geburtstag gestohlen hatte: Fälle für den Restmüll. Die Muscheln verstaubten auf meinen Schränken, der Panda wachte über mein Bett. An den Wänden hingen noch immer die Bilder aus den ersten Jahren unserer Ehe.

Wenn sich Ines zu einem Besuch ankündigte, tätigte ich zuvor einen Inspektionsgang durch die Wohnung, um auch wirklich alle Erinnerungsstücke an unsere gemeinsame Zeit zu verbergen. Ich mochte ihr keine Gelegenheit geben, den Kopf zu senken, ihn sachte einmal nach hier, einmal nach dort zu schütteln, und mit leiser Enttäuschung in der Stimme zu murmeln: »Ach, Lio, vorbei ist vorbei.«

Vorbei ist vorbei. 40 ⅙. Ich hörte *Nous de la lune* von den Young Gods. Ich dachte an Selbstmord. Oder dachte nicht daran. Und wenn ich nicht daran dachte, dann allein deswegen, weil ich kein Verlangen danach hatte, tatsächlich meinem Vater nachzueifern. Ihm, der mir alles eingebrockt hatte. (Inklusive meines Rufnamens, den schon meine Lehrerinnen nicht oder nur überkorrekt aussprechen konnten oder wollten, und dadurch minutenlang anhaltendes Zischen aus schokoladeverschmierten Kindermündern provozierten, das den Gastarbeiter-Kehllaut nachahmte wie das Fauchen eines besoffenen Tigers, um schließlich in dem glucksenden Vokalausbruch ›Ujo‹ zu enden – ›Chchchchchchchch-újo‹, das also war mein Name, bis ich darauf bestand, ›Lio‹ genannt zu werden;

mein Name, den mir Vater vermacht hatte, ein glühender Verehrer der Comics von Gummipferd Jimmy, Caramba!, ich weiß bis heute nicht, ob es ein Glück war, daß Mutter bewirkte, mich wenigstens nach dem Reiter zu benennen, nicht nach dem Roß).

40 ⅙. Meine Tage gingen in einem Gleichmaß dahin, und ich verstand es nicht, ihnen Persönlichkeit abzutrotzen. Ich stand auf (zu früh), ich kochte Kaffee (der mir nicht schmeckte), ich legte mich wieder ins Bett, obwohl ich wußte, daß mir das moralisch ganz und gar nicht gut tun würde. Ich stand wieder auf (zu spät), ging in einen Schnellimbiß und aß übermäßig oder nur einen Bruchteil meiner Bestellung. Den Weg zur Trafik konnte ich mir gerade noch verbieten, ich wollte wenigstens hierin stark bleiben vor mir, schließlich hatte ich mir das Rauchen abgewöhnt; wenn ich es auch nur getan hatte, weil ich vor Ines wieder einmal als ein neuer Mann dastehen wollte, fest in seinen Entschlüssen, der sich auch das Schwerste, das, was sie nie geschafft hatte, vornehmen und zur Ausführung bringen würde.

8.

Mutters Beerdigung war das letzte Mal, daß ich mit Ines in Deutschland war, das letzte Mal, daß wir überhaupt zusammen weggefahren waren. Schon während wir im Nachtzug nach Norden saßen, wußte sie, daß sie mich verlassen würde, nur noch die Beerdigung wollte sie abwarten und mir zwei Trauermonate zugestehen. Ines war mit mir gekommen, weil sie mich nicht allein lassen wollte, mich nicht allein lassen konnte mit meinen widerstreitenden Gefühlen zu einem Zeitpunkt, da mir ansonsten nicht einmal mehr das Nikotin beistehen würde.

Der Kontakt zu meiner Mutter war eher sporadisch gewesen. Von einem Moment auf den nächsten war ich für keine Nachfolgetournee in Frage gekommen, die europäische Musicalindustrie lag in Trümmern, glaubte man den Musikagenturen. Zwischen Mutter und mir blieb am Telefon nichts, auch nicht ihr halbstundenlanges Schelten, ich hätte meine Jugend, ihr Geld für meine Ausbildung, ja, mein Leben vergeudet und sollte jetzt wenigstens nicht werden wie mein Vater. Und auf Nachwuchs spekulieren könne sie wohl auch nicht mehr, meine Ines und ich, wir sollten die Welt ruhig Rucola und Ameisen überlassen, Kinder seien heute wohl einfach nicht mehr in Mode.

All dies war einmal, war das Verbindende, das unsere Telefonate wie von selbst bestritten hatte.

Jetzt, nachdem wir Begrüßungsworte ausgetauscht und uns wechselseitig über unsere Gesundheit, das Deutschland- und Österreichwetter informiert hatten, schweigen wir. Einen Vierteleuro lang schweigen wir. Dann sagte sie: »Kippelst du wieder mit dem Stuhl?«

»Nein.«

»Ich hör doch, wie er knarzt.«

Ich atmete aus, stellte die vorderen Stuhlbeine unendlich leise auf dem Boden ab.

»Wirklich nicht?«

»Aber nein.«

»Du sollst nicht mit dem Stuhl kippeln. Du schlägst dir noch den Schädel ein.«

Noch ein Vierteleuro verschwand in der Stille. Schließlich sagte ich: »Mutter, ich leg jetzt auf.«

»Ja«, antwortete sie, »das tu.«

Dann legte sie vor mir auf.

9.

Wahrscheinlich hatte das mit Mutter schon damals angefangen, bei Vaters Beerdigung. Pillen, morgens drei, mittags zwei, abends vier, etwas Sedierendes, zum Einschlafen, zum Durchschlafen, zum Besserschlafen, vielleicht zum Aufwachen. Gegen die Angst vor dem Versagen, dem Verzagen, dem Sterben, weil alle in dieser Familie so jung starben, sterben, stürben. Selbstmedikation gegen den Tod.

Wie ich morgendlich, katzenhaft, ganz warm noch vom Bett, in die Küche trat in meinem blauen Feiertags- und Friedhofsanzug, es war kaum acht Uhr, für neun war die Beerdigung angesetzt; wie ich hinter sie trat und erstmals ihr Selbstgespräch hörte, wie alt sie geworden war, wie sie sich mit unsicherer, mit hellbraunen Altersflecken übersäter Hand Pillen in ein Gläschen zählte und Wasser darüberlaufen ließ; wie sie sich nicht zu mir umdrehte, weil sie noch immer nicht wußte, daß ich im Zimmer stand, weil sie noch immer nicht wissen wollte, ob ich im Zimmer stand, und sie die weißen Krümelchen vom Glasrand mit fahrigen Bewegungen in die milchige Flüssigkeit schob, mit dem Zeigefinger nachrührte und dabei weiter sprach, weiter zählte, Mutter, wie schmeckt dir der Cocktail?, dachte ich, bis sie das Glas stürzte, sich Wasser nachschenkte, es stürzte, den Kopf in den Nacken warf und den Zopf nach rechts, und wie sie »Gehen wir!« sagte, nur wenig lauter als die Worte zuvor, wieder nicht für meine Ohren bestimmt, nur für die eigenen, nur zur Überzeugung, gehen wir, bringen wir es hinter uns, einfacher wird es nicht, einfacher wird nichts, wir sind nicht auf der Welt, um es einfach zu haben, um einfach zu leben, wir müssen nun mal, gehen wir also.

10.

Ines wollte mich nicht allein lassen mit einer toten Mutter, mit dem Nachlaß einer toten Mutter, mit dem Nachlaß einer toten Mutter in meinem Kopf, bevor sie, Ines, mich allein ließ. Ich hatte ernsthaft damit gerechnet, mich an ihrer Brust ausweinen zu können, eine sanfte, eine stille Reinigung zu erfahren, die sich einigend auf unsere Beziehung auswirken würde.

In den drei Tagen, in denen wir uns auf Mutters Nachlaß warfen, leistete meine Frau die Hauptarbeit. Sie suchte, alles Unangenehme, alles, was nach Problemen aussah, von mir fernzuhalten. Sie entmüllte die Wohnung meiner Mutter, die kurz vor der Verwahrlosung gestanden hatte. Sie sortierte, ordnete, gab den Entrümplern Anweisungen, sie bestach die Friedhofsgärtner wegen der Grabpflege, sie sprach mit dem greisenhaften Notar, der nur zu vermelden hatte, daß von meinem Erbe nichts geblieben sei, Mutter lebte ein kostspieliges Leben, das dem ersten Anschein trotzte, die Medikationen außer der Reihe wollten bezahlt sein. Ines rückte mir in all dem übriggebliebenen Kindheitsplunder näher als mir je ein Mensch gekommen war. Und das trieb sie endgültig fort von mir. Diese Nähe schien an ihr, an uns zu kleben. Ines fürchtete, floh meine Berührung, sie versagte sich mir. Vielleicht, weil ich noch immer ein Teil dieser Mutter war, deren schmutzige Inkontinenzeinlagen sie aus der verstopften Toilette zog, und immer ein Teil von ihr bleiben würde, das wäre, was überhaupt von dieser Mutter bleiben würde.

Während dieser Zeit schliefen wir in einem Instanthotel. Ines hatte darauf gedrängt, sie wollte wenigstens die Nächte nicht in Mutters Wohnung verbringen. Am Abend vor unserer Abreise war sie noch schweigsamer. Alles war geregelt. Endgültig. Wir würden nur den Gummibaum mitnehmen, der ihr leid tat. Sie kam aus der Dusche, warf sich mit nassen Haaren, die sie sich mittlerweile auf Schulterlänge hatte wachsen lassen, auf das Bett und rieb sich die Schläfen. Sie schien Kopfschmerzen zu bekommen. Mit ihrer dunklen, heiseren Stimme, die mich von Beginn unserer Beziehung an bezaubert hatte, stöhnte Ines: »Geh mir doch bitte ein Wasser holen, Lio.«

Einen Moment betrachtete ich sie, neben ihr auf dem nach Wäschestärke riechenden Doppelbett sitzend: ihre rauhen Hände, die vom Putzen fast so rot waren wie meine, die wie immer unlackierten Fingernägel (»Laborantinnenehre«), die blau schimmernden Adergeflechte, die sich auf den Handrücken abzeichneten. Ich freute mich darauf, daß es bald Sommer würde und daß Ines' Arme und Beine wieder ihren zarten Bronzeton bekämen.

Das Kreisen der Finger an ihrer Schläfe wurde nachdrücklicher, ich eilte die Treppen hinab. Ich wollte Ines das beste Wasser holen, das sie je getrunken hatte. Ein Wasser, das ihr nicht nur die Kopfschmerzen nähme, nein, eines, das meine Wertschätzung für die Anstrengungen der letzten Tage enthielte, eines, das diese Tage komplett vergessen machte, das unsere Beziehung auf eine völlig neue Basis stellte.

Der Getränkeautomat stand verwaist im halbdunklen Eingangsbereich. Ich warf eine Münze ein, ein LCD zeigte den aktuellen Kontostand an: +01,00 €. Daneben warnte ein Aufkleber davor, leere Fächer anzuwählen. Ich suchte die Nummer meines Getränks aus, es gab überhaupt nur noch Wasser, in vier aufeinanderfolgenden Fächern, die übrigen Hotelbesucher schienen sich mit Bier am Leben zu halten. Vorsichtig überprüfte ich die Nummer, es waren so viele verschiedene Zahlen, die ich in diesen Tagen schon hatte eintippen müssen: am Bankomaten, am Hoteleingang, an der Zimmertür. Ich wählte vorsichtig. Nichts geschah. Dann bewegte sich eines der Fächer müde, quietschte wie zur Versicherung, daß sich überhaupt etwas tat, doch die Flasche fiel nicht, das Entnahmefach blieb leer. Für einen Moment flimmerte die Zahl, die das LCD anzeigte, -01,00 € leuchtete auf, dann sprang sie zurück auf 00,00. Ich stand da, hatte kein Kleingeld mehr, und schlich nach oben.

›Gekauft wie gesehen‹, schien ihr Blick sagen zu wollen. Ines hatte sich längst mit Leitungswasser beholfen.

Auf der Rückfahrt nach Innsbruck saßen wir im Speisewagen, der Zug war überfüllt, ich hatte vergessen, Platzkarten zu reservieren. Bald beobachtete Ines mein Gesicht in der Fensterscheibe (ich tat, als bemerkte ich es nicht), bald senkte sie den Kopf, schüttelte ihn sachte einmal nach hier, einmal nach dort. Ihre Finger zeichneten im verschütteten Kaffee auf der Tischoberfläche. Punkt Punkt Komma Strich, fertig ist das Mondgesicht, langer Käse, runde Butter, fertig ist die Schwiegermutter. Ich ahnte wohl, daß sie Mutter aus meinen Gesichtszügen ausradieren wollte, aber es gelang ihr nicht.

Zwei Trauermonate gestand sie mir zu.

11.

Das vierte Schreiben erreichte mich mit halbleerer Wacholderflasche in der Hand. Ich war gerade zum zweiten Mal an diesem Tag aufgestanden, trank den Kaffee, den ich stehen gelassen hatte, und der mir nun, kalt geworden, versehen mit öligen Punkten und kleinen Staubpartikeln auf der Oberfläche, wesentlich besser schmeckte. Mein Blick glitt über die Glasplatte des Küchentisches, blieb hängen an den schwarzen Rändern alter Kaffeeflecken, die gegen ihr Zentrum hin beinahe durchsichtig wurden. Ich erkannte einen Hund darin, der die Schnauze zu Boden gedrückt hielt, und einen Mann mit breitkrempigem Hut.

Ich beschloß aufzuräumen, begann mit dem Schnaps, der vom Vorabend übrig geblieben war, als es klingelte. Der Postmann lächelte, als er den Wacholder sah, griff sich flüchtig an den Hut zum Gruß, zeigte dann mit zentimeterdickem Abstand zwischen Zeigefinger und Daumen an, wieviel er nehmen würde, und bedankte sich mit den Worten: »Aber wirklich nur einen.«

Ich ging, ihm ein Glas zu holen, spürte selbst die Wärme, die der Brand in seiner Kehle verursachte, spürte, wie seine Wärme auch mir gegenüber zunahm (ich hatte unwillkürlich nicht nur den Weg zu seinem Herzen gefunden, sondern auch angewandte Völkerfreundschaft betrieben). Ich nahm meinen Brief entgegen, sah dem Postler nach, wie er die Treppe hinabstieg, dann trank ich selbst zwei Gläser Schnaps und öffnete den Umschlag.

War es der Alkohol, der wiedererwachte Suff von gestern? Diesmal, dies eine Mal, geriet ich außer mir, warf das Stamperl gegen die Wand, ich raste durch die Wohnung, riß an den Vorhängen und fegte die Muscheln von den Schränken. Zuletzt boxte ich auf meinen nächtlichen Wachsoldaten ein, den Pandabären, der mit leisem Rauschen in Schräglage ging.

Ich ließ mich auf ihn gleiten, starrte hinüber zum Tisch. Wer würde so weit gehen, mir Monat für Monat ein leeres Einschreiben zu schicken? Und wozu? Waren diese Briefe nichts als ein schlechter Scherz? Aber wessen Humor war das, von wem stammten sie?

Zu Mutter hätten sie gepaßt. »Werd' ja nicht wie dein Vater, hörst du?« Ein monatlicher Gruß aus dem Jenseits, zu Lebzeiten bei einem Helfershelfer bestellt, das hätte auch erklärt, wohin mein Erbe gekommen war. Ich wußte, daß es mittlerweile Dienstleister gab, die nach Wunsch Postkarten aus der Karibik verschickten, um Zuhausegebliebenen den Neid ihrer Arbeitskollegen zu gewährleisten. Aber wer würde unsinnige Aufträge über Einschreibebriefe annehmen, und zu allem Überfluß auch noch aus Deutschland?

Ich setzte mich an den Tisch und trank ein weiteres Glas Schnaps. Mein Magen antwortete, sobald ihn die Flüssigkeit erreicht hatte, mit einem tiefen Grummeln.

Wessen Humor war das? Der einer dieser Intimfeinde, die uns schon auf dem Schulweg auflauerten, uns von weitem ein kerniges »Bleib doch stehen, ich will dich hauen« entgegenriefen? Ein Rivale um die Gunst von Ines? Ein ausgebooteter Kollege aus Musicalzeiten? Oder gar ein unzufriedener Songwriter, der mir meine ›18 Kostbarkeiten‹ verübelte? Etwa Paul McCartney? (Die süß-saure Version von *Eleanor Rigby* konnte ich mir selbst nicht verzeihen.)

Ich trank einen vierten Schnaps. Dann stand ich auf, nahm Papier und Bleistift zur Hand und begann, eine Liste anzulegen. Ich suchte im engsten Umfeld, den Gedanken an Ines selbst verwarf ich. Einstweilen.

Die Liste war kurz, sie bestand aus drei Namen: der erste war der meines Hausbesorgers, der zweite ein ehemaliger Kollege aus dem Musicalhaus, der dritte hatte Ines vor Jahren den Hof gemacht. Ich beschloß, ihnen Besuche abzustatten.

12.

Ines und ich waren in Innsbruck nie umgezogen, obwohl wir unsere Wohnung von Anfang an als Zwischenlösung begriffen. Es war die einzige, die auf die Schnelle zu bekommen war, als Ines ihre Arbeitsstelle antrat: ein Haus mit dreißig Mietsparteien, breiter noch als hoch; wir zogen in den zweiten Stock, der Fahrstuhl funktionierte nicht, der Fahrstuhl funktionierte nie. Den Müllschlucker, der als verstopfte Röhre noch immer die Gebäudemitte zierte, hatte man nach hartnäckigem Schädlingsbefall abgeschafft. Seitdem standen riesige schwarze Tonnen neben der Hauseinfahrt, perfekt in Reihe, genordet. »Rührt euch«, hätte ich ihnen am liebsten zugerufen, wenn ich zum Einkaufen ging oder vom Einkaufen kam und die Parade abnahm.

Zwei entscheidende Fehler hatten wir begangen: wir hatten uns beim Hausbesorger über den Fahrstuhl beschwert und Müll in die falschen Tonnen gekippt. Der Hausbesorger war ein zwergenhafter Mittfünfziger vom Typus alpiner Bergführer, der, wo er ging und stand, Selbstgespräche führte. Er hatte eine Stimme, nein, vielmehr ein Organ, das es fertigbrachte, jeden Satz auf einem eingestrichenen Dis enden zu lassen. In der Brusttasche seines grauen Arbeitskittels steckten mindestens neun Kugelschreiber (gezählt, nicht geschätzt), was ihm das Aussehen eines untergeordneten Krankenhausarztes verliehen hätte, wäre da nicht die niedrige Stirn, wären nicht die Haare gewesen, Haare, die ihm büschelweise aus Nase und Ohren wuchsen.

Er hörte sich meine Klagen über den Fahrstuhl an.

»Soso, ein Deutscher. Naja.«

Er sagte, im besonderen habe er nichts gegen Ausländer, nicht einmal gegen die Deutschen, weil er die Menschen im allgemeinen nicht leiden möge. Der Fahrstuhl funktioniere bei Österreichern prächtig, die Mülltrennung auch. Zum Beweis legte er uns in den folgenden Wochen von uns falsch sortierte Konservenbüchsen und Bioabfall vor die Wohnungstür. Später warf er uns bevorzugt flachen Unrat, Fischgräten oder Teebeutel in den Briefkasten. Der Einfachheit halber. Weil er wegen des Fahrstuhls wohl nicht immer in den zweiten Stock marschieren wollte. Auch Bergführer sind nachts müde Menschen.

Mit einer Flasche Wein schickte mich Ines eines Abends in den abgeschiedensten Gebäudebereich, in dem sich die Hausbesorgerwohnung befand, ich sollte gute Stimmung machen. Doch stattdessen beging ich den dritten Fehler.

»Schwieghuber heiß ich, nicht Schweighuber! Ischt's etwa schon zuviel verlangt, daß sich die Wichsbirnen in dem Haus wenigschtens meinen Namen merken? Denkscht halt ans Gegenteil von Schweigen!«

Er knallte die Tür zu. Und ich dachte. Aber nicht an das Gegenteil von Schweigen. Das klappte nun wirklich nicht als Eselsbrücke. Nicht wenn ich an ihn dachte.

Anderntags fand Ines eine Schüssel mit Maden vor der Wohnung. Wir schrieben nicht an die Hausverwaltung, der Höhepunkt unseres Streits war bereits überschritten. Wir ignorierten den Fahrstuhl, wir lernten, auf österreichische

Weise den Müll zu trennen, Schwieghuber hatte neue bevorzugte Opfer. Und wir hatten uns.

Seit Monaten war er mir im Haus nicht mehr begegnet. Vielleicht waren mir zuletzt aufgrund meiner Stimmungslage wieder deutsche Mülltrennungsfehler unterlaufen. Oder Schwieghuber wollte sich mit den Briefen in Erinnerung rufen, subtiler als sonst. Auch wenn ich mir kaum vorstellen konnte, daß dieser Mensch zu Subtilität fähig war.

Ich nahm ein Schreiben mitsamt Umschlag und trat zum zweiten Mal vor seine Tür. Ich klingelte. Nichts regte sich. Ich klingelte erneut, zweimal kurz. Wieder nichts. Ich sah mich um, wartete, das Licht ging aus, ich suchte den Lichtschalter und klingelte dabei versehentlich ein weiteres Mal. Dann fiel mein Blick auf einen Zettel neben der Tür. ›Hauswartstelle vakant. Wohnung zurzeit nicht besetzt. In dringenden Fällen Gebäudeverwaltung kontaktieren.‹

Offenbar hatte sich inzwischen ein neues Opfer erfolgreich beschwert. Oder Schwieghuber war in den Fahrstuhlschacht gefallen. Hinter seinen Namen setzte ich, fast erleichtert, ein Häkchen.

13.

Mein früherer Kollege hieß Hardy, ich konnte mich an seinen Nachnamen nicht erinnern. Als er mir vorgestellt wurde, sagte man, er sei ein wenig versponnen, beschäftige sich mit Steinen und Schweinen. Der Schwerpunkt seines Interesses variiere.

Hardy mußte um die Sechzig sein. Ohne musikalische Ausbildung hatte er sich mit Disziplin und Geduld einen Platz als Gitarrist in unserem Musicalzirkus erkämpft, als ich die Bühne betrat. Er wurde ›freigestellt‹, zur unregelmäßig agierenden Zweitbesetzung degradiert. Mehr als einmal paßte er mich auf meinem Nachhauseweg ab, drohte dem ›dahergestolperten Piefke‹ die Zähne einzuschlagen. Als er bei einer Probe tatsächlich handgreiflich wurde und meine Gitarre mit einer aus seiner Sammlung ausgesonderten Versteinerung zerkratzte (zum Glück nur meine Ersatzgitarre, eine freundlich-nichtssagende Les Paul), verzichtete der Intendant endgültig auf seine Dienste. In den Wochen vor dem Christfest sah man ihn am Goldenen Dachl stehen und Weihnachtslieder klampfen, allabendlich rief er bei uns an, bis Ines den Telefonstecker zog. Seit fast einem Jahrzehnt hatte ich nichts mehr von Hardy gehört.

In einem alten Theaterplan fand ich seinen Nachnamen: Przybyszow. (Kein Wunder, daß ihn alle nur mit Vornamen ansprachen.) Ich studierte das Telefonbuch von Innsbruck, fand aber keinen passenden Eintrag, ich dehnte meine Suche auf ganz Österreich aus, um neuerlich zu scheitern. Kein Hardy, Harry, Harald Przybyszow, nicht einmal in Mürzzuschlag. Nach kurzem Zögern entschloß ich mich, einen Bühnentechniker anzurufen, mit dem Hardy seine Rauchpausen verbracht hatte. Ohne weitere Worte gab der mir eine Adresse in Osttirol und machte, bevor er den

Hörer auf die Gabel fallen ließ, einige Grunzlaute. Vielleicht als Hinweis darauf, daß sich Hardy jetzt wieder mehr mit Schweinen beschäftigte, so dachte ich.

Anderntags nahm ich den Zug Richtung Wörgl. Es war April, aber für die Jahreszeit viel zu kalt. Selbst den Zug fröstelte, er schüttelte dann und wann in den Geleisen seine Eisenhaut.

Ich war alles andere als entspannt. Nachts hatte ich mir Mut für die Unternehmung angetrunken. Um etwas gegen meinen Kater zu unternehmen, beschloß ich, im Speisewagen nach einer Aspirin oder einem Glas Wein zu fragen. Mit Wein hatte ich vor acht Stunden schließlich auch aufgehört.

Wein war aus. Aspirin gab es gar nicht. Ich bestellte ein Bier. Mir schräg gegenüber saß ein steirischer Besuffki Mitte 30, dunkles Haar, Geheimratsecken. Er sprach in gebrochenem Staccato-Englisch mit der, nach ihrem Namensschild zu schließen, rumänischen Bedienung, obwohl die ausgezeichnet Deutsch verstand, aber, müde der täglichen Fron und der Widerworte gegen die Dajtschen, sein dummes Spiel mitspielte. Von Zeit zu Zeit strich der Steirer über ein Muttermal oberhalb seines rechten Auges und seine halbleere Flasche Gösser, von der er das Etikett abgekratzt hatte. Er brabbelte versonnen, sein Akzent klang wie die Kuh im Stall, er zog an einer filterlosen Zigarette, blies den Rauch aus, lachte muhend in sich hinein. Ich hätte mir gewünscht, daß er einfach einmal seinen Mund gehalten oder ich mir beizeiten einen MP3-Player gekauft hätte.

Der Schaffner trat ein, ein doppelbödiges und ziemlich angestaubtes Exemplar von Wiener Original. Er beantwortete jede Frage mit einer Gegenfrage. Von den Fahrgästen abgewiesene Angebote auf Fahrplanauskunft faßte er als Beleidigung seiner beruflichen Kompetenz auf. Bei jeder seiner Bemerkungen faselte der Besuffki mit penetrantem Gesichtslähmungslächeln: »Wien, Wien, nur du allein. Jo eh.« Ich spürte, wie der Hals meiner Bierflasche unwillkürlich in meine Faust schlüpfte, dachte: Einmal noch, Freundchen, und du kommst nicht mal bis Wörgl. Jo eh.

Ich war in der Tat nicht entspannt. Mein Kater wurde schlimmer. Und ich war nervös wie vor einer Schulprüfung. Ich biß die Zähne aufeinander, bis die Kiefer schmerzten, trank mein Bier aus und verließ den Speisewagen. Ich stellte mich in den Gang, ging dem Schaffner betont aus dem Weg, und starrte aus dem Fenster. Der Regen dieses Frühjahrs bescherte einen Geruch nach frischer Melonenschale. Ich wünschte mich in den Süden, in die Wärme, weit weg, stellte mir vor, wie der Zug nach Griechenland fahren würde. Oder wenigstens nach Rumänien. Ich dachte an das Lächeln der hübschen Servierkraft.

Wie würde ich Przybyszow dazu bringen, etwas zu sagen? Woran würde ich merken, daß er lügt? Würde er mir überhaupt die Tür öffnen, wenn er sieht, daß ich davor stehe? Und wie würde ich ihm die Situation erklären, wenn er tatsächlich nicht der Urheber der Briefe wäre?

Ich verfluchte meine Unternehmung, wäre am liebsten umgekehrt, als der Zug in den Wörgler Hauptbahnhof einfuhr. Beim Umsteigen faßte ich nach einem Blick in die

Berge, die friedlich und grau im Regen zu dösen schienen, neuen Mut. Ich bestieg einen Bus, sah den Tropfen zu, wie sie an der Scheibe gegen die Fahrtrichtung kullerten, sich vereinigten und wieder trennten. Kaum hatten wir die Stadt verlassen, blähten sich Hofer-Tüten in den Kronen der den Straßenrand zur Linken säumenden Bäume. Ein Geheimzeichen in gelb-orange-blau, *Tie a yellow ribbon*.

Meine Kopfschmerzen verschwanden.

14.

Vor mir saßen zwei junge Frauen, mit Frisur, Nasen- und Ohrringen auf Punk getrimmt. Beide trugen Kopfhörer und hingen am selben Ipod wie an einem melodischen Tropf. Die Musik war so laut gedreht, daß ich mühelos mithören konnte und At the Drive-In *Non-Zero Possibility* erkannte.

»Der Typ, ey?« zeterte die eine plötzlich und riß sich und der anderen mit einem Schwung das dramatische ›I was bitten at the entrance‹ aus dem Ohr, »der Typ war doch voll ätz. Sag ich: ›Ey, dat is kein kranker Hund, dat is'n Teppich.‹ – Sagt der: ›Boah, und ich fütter den seit heut' morgen.‹«

»Haste ihn getz endlich rausgeschmissen?«

»Klar, Mann. ›Ich sag nur drei Worte: Hau ab!‹ Dann is er abgehauen.«

Unisono setzten sie sich die Kopfhörer wieder auf, aus denen mittlerweile *First things first* von Phantom

Planet ertönte. Der Mundart nach zu schließen, stammten die beiden aus dem Ruhrgebiet. Ich fragte mich, was sie wohl in diesen entlegenen Winkel der deutschsprachigen Welt verschlagen haben mochte.

An meinem Reiseziel stiegen auch sie aus und gingen Arm in Arm in einen Landgasthof. Ich sah ihnen lange nach, tat einige Schritte und blieb schließlich am Fuß einer Kirche mit bedenklich geneigter Turmspitze stehen. Ich stellte mir vor, wie sie eines Tages umknicken und mit einem Schlurfen, allerdings einem ohrenbetäubenden, dem eines halbkilometerlangen Pantoffels, Schuhgröße 487, mit dem Kreuz voran in einer nach Sauberkeit riechenden Kommunionsgruppe landen würde.

Dann rief ich ein Taxi.

»Wen besuchens denn da? Die Mutter?« fragte der Fahrer leutselig.

»Einen alten Freund«, sagte ich. Ich fand, meine Stimme klang wenig überzeugend.

»Na, da werdens a Freud ham.«

Wir hielten vor einem großen, weißgetünchten Haus mit dunklen Holzbalkonen. Mir fielen die Gitter vor den Fenstern auf. Ich verglich die Hausnummer mit der auf meinem Notizzettel.

»Ischt schon richtig«, sagte der Taxifahrer, »ich sag ja, da werdens a Freud ham.« Kopfschüttelnd fuhr er ab.

›Pflegeheim für Demenzkranke‹ las ich über der Doppelflügeltür, aus der mir zwei Schwestern entgegenkamen, die leere Rollstühle schoben. Ich zögerte lange, bevor ich eintrat. An der Anmeldung hielt ich meinen Zettel, auf dem der unaussprechliche Name stand, an die dicke Fensterglasscheibe. Ich dachte an einen Bankschalter oder den Nachtschalter einer Tankstelle und fragte mich, ob die Portiers hier ebenso gefährlich lebten und weshalb bloß. Man schickte mich in eine dem Haupteingang nahegelegene Station, ich solle im Aufenthaltsraum warten, eine Schwester werde mich abholen und wieder hinausbegleiten. Zur Sicherheit der Patienten seien die Stationstüren von innen nur für Pflegekräfte zu öffnen. Zu gern hätte ich jetzt eine Zigarette geraucht.

Auf Station verwechselte ich die angewiesene Räumlichkeit mit dem Inkontinenzlager. Ein Geruch von Desinfektionsmitteln schlug mir entgegen. Ich schritt die Station einmal vollständig der Länge nach ab, bevor ich den Aufenthaltsraum entdeckte. Die Tür stand angelehnt, kaum hörbar ging ich hinein.

Seitlich zum Fenster saß eine vielleicht siebzigjährige Frau in cremefarbenem Morgenmantel an einem Tisch. Ein Lächeln glitt über ihr schmales, noch immer feines Gesicht, als sie mich hereinkommen sah, glitt darüber hinweg, glitt zum Fenster und hinaus. Der Anhauch eines Engels, ein Funken Bewußtsein, sie schien mich erkannt zu haben, etwas oder jemanden.

»Kastanie«, sagte sie unbestimmt. Ich setzte mich ihr gegenüber auf die Vorderkante eines Sessels, den einzigen freien Platz. Ihre Hände, die zuvor ruhig auf der Lehne des Stuhls gelegen hatten, begannen zu flattern, waren bald hier, bald dort beschäftigt, griffen nach einer gläsernen Vase, die auf dem Tisch stand, zogen die Blumen heraus, suchten irgendetwas damit anzustellen, weiß der Himmel, was. Während ich wartete und daran dachte, daß sie im selben Alter war wie meine Mutter, als sie starb, war sie ständig beschäftigt, etwas von links nach rechts zu schieben und wieder vom Rand in die Mitte. Schließlich zog sie sich den Morgenmantel bis in die Scham herab, entblößte sie, entblößte sich, oder vielmehr die durchsichtige Windel, die sie trug, suchte, sich das Gewand höher zu ziehen, was sie aber nicht vermochte, weil sie auf den Rockschößen saß, und begann zu sprechen. Keine Worte, nur Silben, Kekekeke, Tetetete, Keketete. Ab und an fielen Phrasen oder Begriffe, an denen sie förmlich festklebte wie ein Insekt am Fliegenpapier: »Reißverschluß«, »Kastanie«, sie raffte ihre Windel und sagte »Kastanie«, sie hob die Blumen auf und sagte »Kastanie«, fuhr sich mit ihnen übers Gesicht und sagte »Reißverschluß«. Alles war Kastanie, alles Reißverschluß. Unablässig zog sie Gegenstände zu sich heran, während sie, was an Kleidern noch an ihrem Leib war, auszog. Zwei Gegenbewegungen, aber alles war Bewegung, mußte Bewegung sein, seine Bewegung haben. Sie ergriff die Tischdecke, probierte sie auf, als wäre sie ein Turban, aber sie probierte sie nicht als Turban auf, sie zog sie sich auf, irgendwie, wirkte ernst dabei, als wollte sie auch jetzt noch, in dieser totalen Verdunkelung, einen letzten Rest Würde in ihrem Anprobieren, Ausprobieren bewahren (der Rest war wohl Schlaf, nur noch wenig Würde, außer im Schlaf, dachte ich).

Schließlich trat eine Pflegerin mit runden roten Armen ein, die sie aussehen ließen wie eine Wäscherin, und schimpfte mit deutlich hörbarem sächsischen Akzent: »Nu, was machen Sie denn wieder, Frau Mrm-Brm?«

Die Wäscherin warf mir einen Seitenblick zu, entschuldigte sich murmelnd, und versuchte, Frau Mrm-Brm den Saum des Morgenmantels in die Knie zu zerren. Frau Mrm-Brm bemerkte nicht, daß an ihr hantiert wurde. Sie hob einen ihrer Pantoffel auf, öffnete den Mund, er zitterte, der Schuh zitterte, als ginge es um sein Leben, und langsam führte sie ihn zum Mund, biß hinein, bevor die Pflegerin ihn ihr entriß.

Als einen Moment Ruhe einkehrte, drehte sich die Schwester zu mir und fragte, ob ich der Besuch für Herrn Prizbischof sei. Ich bejahte. Die Sächsin strahlte. Sie erzählte mir, der Herr Prizbischof sei seit über fünf Jahren auf Station und ebenso lange habe er das Haus nicht mehr verlassen, er habe ja keine Angehörigen.

Hinterm Rücken der Pflegerin faltete Frau Mrm-Brm die Seiten eines Buchs. Akkurat faltete sie. Dann hielt sie den Kopf zur Seite geneigt, hörte in die Ferne, schien das Falten vergessen zu haben und begann, einzelne Seiten herauszureißen.

»Nu, toll, daß Sie ihn mal besuchen kommen. Auch wenn er sich bestimmt nicht mehr an Sie erinnert, die Patienten sind so dankbar für jede Abwechslung.«

Frau Mrm-Brm führte das Buch zum Mund, probierte davon, dann probierte sie es sich auf, spielte seine Funktionsweisen durch, doch sie kam einfach nicht darauf, wozu es gut sein könnte. Sie stimmte wieder ihr Kekekeke, Tetetete an, beugte sich vor und zog den Morgenmantel über den Kopf, um sich zu verbergen, oder um ihn sich noch einmal überzuziehen, zu unterst und zu oberst, und erst, als alles nichts half und es ein Handgemenge mit der Sächsin gab, verbarg sie ihr Gesicht in den Fingern, jammerte leise, schluchzte, grub die Fingerglieder tiefer ins Gesicht. Da war noch ein Versteck hinter den Händen. Sie suchte sich eine Höhle vor alledem, alles, was an Leben in ihr war, schien die Suche nach einer Höhle.

»Schlimm. Noch ein paar Wochen, sagen die Ärzte, dann ist auch davon nichts mehr übrig«, klagte die Schwester und strich Frau Mrm-Brm über den grauen Scheitel. »Nu, ich bring sie eben in ihr Zimmer, dann führ ich Sie zu unserem Herrn Prizbischof.«

Ich bedankte mich, schlüpfte hinter den beiden aus dem Aufenthaltsraum. Gerade, als ich die Stationstür erreicht hatte, trat jemand von außen ein, ich verfiel in einen moderaten Laufschritt.

Auf dem Nachhauseweg zog ich fein säuberlich einen Strich durch den Namen Hardy.

15.

Mein Nebenbuhler um Ines war ein mehrfach geschiedener Psychoanalytiker namens Neuhaus, Magister Jakob Neuhaus. Ines hatte sich entschlossen gehabt, endlich etwas gegen ihre Idiosynkrasien zu unternehmen – neben ihrer Abneigung gegen Nagetiere, für eine Laborantin kein auf Dauer tragbarer Zustand, hatte Ines eine ausgeprägte Angst vor stehenden Gewässern, nachdem sie als Sechsjährige auf einem Kindergeburtstag zuviel Kuchen gegessen und sich beim anschließenden Hallenbadbesuch gründlich ins Nichtschwimmerbecken übergeben hatte.

Neuhaus schlug Ines sofort vor, sie auf Händen zu tragen, wenn sie von seiner Patientin zu seiner Geliebten würde. Er erklärte ihr, daß die Beziehung zu mir, einer durch und durch hypochondrischen Persönlichkeit, die all ihre Kraft absorbiere, einem Therapieerfolg doch erheblich im Wege stehe. Nach anfänglicher schwärmerischer Begeisterung für ihren Herrn Magister brach Ines die Sitzungen ab. Anschließend warf sie mir vor, meine idiotische Eifersucht sei schuld daran, daß ihre frühkindlichen Traumata nie austherapiert worden seien. Wochenlang traktierte Neuhaus uns mit Anrufen. Diesmal war ich es, der den Telefonstecker zog.

Neuhaus praktizierte noch. Unter dem Vorwand einer jüngst ausgebrochenen schweren Mausphobie ließ ich mir einen Termin für das Erstgespräch geben. Er reagierte am Telefon nicht auf meinen Namen. Auch als wir uns gegenübersaßen – auf seinen übereinandergeschlagenen Beinen lag ein Schreibblock, der Psychologe pendelte ein wenig mit dem rechten Fuß –, zeigte er nur ein freundliches Lächeln in seinem gänzlich ergrauten Vollbartgesicht.

»Wir kennen uns«, sagte ich.

Neuhaus lud mich mit eleganter Geste ein, weiterzusprechen. Er hatte maniküre Fingernägel an schmalen, langen und überaus behaarten, schwarzbehaarten Händen. Als er sah, daß ich sie interessiert beobachtete, blickte er auf meine. Sie waren rot und schorfig wie immer. Ich verschränkte die Arme, barg sie unter den Achseln.

»Julio Rampf. Der Mann von Ines Rampf.« Ich stockte. »Exmann«, verbesserte ich mich.

»Das macht nichts«, sagte Neuhaus, »erzählen Sie mir von Ihren Mäusen.«

Ich handelte nach der Maxime: Ein Mensch ist psychisch immer nur so krank, wie er sich auszudrücken weiß. Ich machte einige oberflächliche Bemerkungen zu Mäusen, weißen, grauen, haselnußfarbenen, zur Angst im allgemeinen, zu meinen Mausängsten im besonderen, und wußte einmal mehr, weshalb mich Ines den schlechtesten Lügner der Welt genannt hatte. Dann kam ich darauf zu sprechen, daß meine Angst vor leeren Blättern im Vergleich zu der vor Mäusen ausgesprochen geringfügig sei.

»Hauptsächlich weiße Mäuse?« fragte Neuhaus.

»Leere Blätter, weiße Mäuse«, wiederholte ich und sah, wie er rasch einen Kringel auf das Papier zeichnete.

Die Praxis war ebenerdig, ich sah auf eine Terrasse hinaus, vor deren Tür eine getigerte Katze mit hocherhobenem Schwanz auf und ab strich. Ich legte die Hände auf die Stuhllehnen, blickte Neuhaus an und versuchte zu lächeln, was mir noch nie besonders gut gelungen ist. Immer wenn ich mich bemühe, nett oder charmant auszusehen, beginnen Kinder zu weinen und alte Damen klammern sich an ihre Handtaschen. Ich weiß, daß ich es nicht kann, mein Lächeln ist asymmetrisch, es sitzt schief, sitzt auf meinem Gesicht, auf meinem Mund wie eine Maske, die mir viel zu klein ist.

»Und Ihre Hände?«

Der Therapeut hielt den Kopf ein wenig schief, um sie genauer in Augenschein nehmen zu können. Wieder verschränkte ich die Arme.

»Sportunfall. Kleinkalibergewehr.« Etwas Unwahrscheinlicheres fiel mir nicht ein.

Nach langem Schweigen, das durch dreimaliges Räuspern von Neuhaus noch intensiver wurde, hob er schließlich umständlich an, mir den Unterschied der Behandlungsmethoden zwischen einer Analyse und einer Verhaltenstherapie zu erläutern.

»›Bei Mausphobie Verhaltenstherapie‹. Alter Merkspruch.«

Neuhaus lächelte, er pendelte wilder mit seinem Fuß. Er selbst habe ohnehin keinen freien Therapieplatz innerhalb eines Jahres und empfahl mir eine junge Kollegin, die mehr auf der Suche nach Probanden als Patienten sei, was aber in meinem Fall keinen Unterschied mache. Ich nickte ausdruckslos. Die Katze begann sich zu putzen.

»Feinfein«, sagte er, stand auf und streckte mir die rechte Hand hin, die ich nicht ohne plötzliche Sympathie ergriff. Ich erkannte einen Platinring an seinem Ringfinger.

»Wie geht es übrigens Ihrer Frau?« fragte er, als er mich zur Tür begleitete. »Exfrau«, verbesserte er sich und wartete meine Antwort nicht ab, bevor er Grüße ausrichten ließ. Als ich hinaustrat, schlüpfte die Katze in die Praxis. »Ja, mein Muschilein, mein Muschimausimuschilein«, hörte ich Neuhaus girren.

16.

Bevor ich den fünften Brief erhielt, beschloß ich, noch im Beisein des Zustellboten auf den Poststempel zu sehen. Ich bat ihn, einen Moment zu warten, stellte seinen Protest mit einem zweiten Glas Wacholder zufrieden, und las auf dem verwaschenen Aufdruck ›Hauptpost Linz‹. Tags zuvor hatte ich die Umschläge der anderen Schreiben zur Hand genommen und verglichen: Graz, Wien, Klagenfurt, Innsbruck, eine Tour durch die Landeshauptstädte Österreichs. Ich fragte meinen Postmann, der nachkostend noch immer die Augen zu schmalen Schlitzen gekniffen hielt, ob es tatsächlich sein dürfe, daß ein Einschreiben keinen Absender hat, und ob es möglich sei, doch etwas über den Versender zu erfahren. Der Mann schien eine Beschwerde zu wittern, wurde schlagartig dienstlich und verwies mich an das nächstgelegene Postamt. Anschließend vergaß er sogar, mich zum Abschied mit dem Finger am Tirolerhut zu grüßen.

In der nahegelegenen Postfiliale konnte man mir keine Antwort geben und schickte mich zur Hauptpost. Dort, in der von Oberlicht durchfluteten Halle in der Maximilianstraße, stellte ich mich in eine lange Schlange, um endlich, am Schalter angekommen, ein Stockwerk und eine Instanz höher gewiesen zu werden. Ich fragte noch, ob sich zufällig jemand an den Versender erinnerte. Die Angestellte lachte demonstrativ auf und zeigte mit dem Finger auf die Menge hinter mir. So durchlief ich eine höhere Instanz nach der anderen, bis man mir endlich riet, das Problem bezüglich der Rekommandation doch einmal umfassend in einem schriftlichen Antrag darzulegen. Zudem gab man mir ein Formular mit.

»Bitte füllen Sie den Fragebogen manuell aus«, sagte mir eine auffallend gut gekleidete Bürokraft. Sie starrte mich an. Ich starrte sie an. Was erwartete sie? Daß jemand, der ein solches Problem hat, mit dem Mund schreibt?

Binnen kurzem wurde mein Antrag unter lapidarem Verweis auf die allgemeinen Geschäftsbedingungen hinsichtlich des Einschreibbriefverfahrens in Österreich beantwortet. Seien eingeschriebene Briefe ohne Absenderangabe zum Versand aufgegeben worden, sei dieser Umstand durch die Schaltermitarbeiter übersehen worden. Die wiederum seien allesamt dahingehend geschult, bei der Aufgabe eingeschriebener Briefe auf die Absenderangabe zu achten, was ein Übersehen jedoch nicht grundsätzlich ausschließe.

Ebenso erging es mir in Graz, Klagenfurt, Linz, und, mittlerweile war ein neuer Monat angebrochen, auch in Eisenstadt. Nach Wien schrieb ich erst gar nicht mehr.

III.
Rock'n Roll?

17.

Der offizielle Weg war eine Sackgasse. Ich beschloß, mir meine Liste noch einmal vorzunehmen. Unter die ausgestrichenen Namen setzte ich nun den meiner geschiedenen Frau. Wenn auch mit großem Fragezeichen.

Das leere Blatt hätte ich Ines wohl zugetraut, zumindest solange wir noch ein Paar waren. Es hätte zu ihren Vorwürfen gepaßt, die sie Morgen für Morgen aussprach, bevor sie zur Arbeit ging. Seit ich mal wieder keine Aufträge bekam, seit ich meine Zeit zuhause und nicht mehr im Studio verbrachte.

Daß sie nicht mit jemandem zusammensein könne, der so anspruchslos sein eigenes Leben verwalte und vor allem, was auch nur entfernt nach Karriere aussah, zurückschrecke.

Daß sie keine Achtung vor jemandem haben könne, der ihr keine Achtung abfordere, weil er sich selbst keine Achtung entgegenbringe.

Daß sie nicht verstehe, wie meine Mutter noch immer einen solchen Einfluß auf mein Leben habe, obwohl sie Hunderte von Kilometern entfernt wohne.

Daß sie nicht wisse, wie es weitergehen werde.

Daß ich es doch wenigstens einmal versuchen solle.

Ich versuchte es. Ich nahm mir fest vor, es wenigstens einmal zu versuchen, damit Ines endlich wüßte, wie es weitergehen würde. Wenn ich auch kaum ahnte, was ich eigentlich versuchen könnte.

Jede Geschichte einer Beziehung ist eine Geschichte von Beziehungskämpfen. Ich war Ines nach Innsbruck gefolgt, weil ich in ihrer Nähe sein wollte. Ein ehemaliger Studienfreund, der als Jugendlicher an Orchesterwettbewerben dort teilgenommen hatte, schwadronierte, Innsbruck sei eine Perle, nur daß noch keiner die dazugehörige Auster gefunden, geschweige denn geöffnet habe. Außerdem gebe es auffallend viele Logopädiepraxen, die regionale Mundart sei bestimmt auf Krankenschein zu behandeln.

Ich war entmutigt. Aber ich dachte auch daran, daß man Städte zu Beginn einer Begegnung immer falsch wahrnimmt; daß man dazu neigt, alles zu sehen, natürlich auch all das, was gar nicht da ist, der unbekannten Stadt alles übel zu nehmen, auch die verkommensten ihrer Vororte, die man beim Einzughalten eher versehentlich passiert hat; daß man dazu neigt, alles dieser Stadt zugehörig zu interpretieren und zu glauben, all dies müsse Teil des Lebens in der Stadt werden. Denn natürlich ist dem nicht so. Sobald wir tatsächlich dort leben, ist es vorbei mit den Vororten, vorbei mit den Flaschenbergen neben den dafür aufgestellten Containern, vorbei mit den Alltagsgesichtern, die wir mit geschärften Sinnen wahrgenommen hatten. Wir kennen nur noch unser Viertel und das, in dem wir unsere Einkäufe tätigen, bestenfalls aber ein drittes, in dem gute Bekannte oder Freunde wohnen, und dies bißchen Stadt, dieser Ausschnitt aus dem ganzen, wird zu unserer Stadt. Beruhigend zu wissen, daß wir uns mit beinahe allem arrangieren, daß wir alles ausklammern können, was uns lebensuntauglich zu machen droht, alle Reize, allen Überfluß aussperren, und so gut und so einfach vergessen können.

Innsbruck also.

Es gibt Städte, die sind besser als ihr Ruf. Anderen rennt dieser vorneweg und sie sind vergebens bemüht, ihn japsend wieder einzuholen. Wieder andere haben gar keinen. Und schließlich gibt es auch Städte, die überhaupt keine sind.

Ich ahnte kaum, zu welcher Kategorie Innsbruck gehörte. Der Name der Stadt sagte mir nichts, ich wußte nicht einmal genau, ob sie in Österreich oder in Bayern lag. Ich ahnte nur, daß ich Deutschland, daß ich meine Mutter würde verlassen müssen, was mir beides nicht besonders schwerfiel. Die wenigen Engagements, die ich nach meinem Gitarrenstudium als Studiomusiker hatte, waren nicht dazu geeignet, meinen Lebensunterhalt zu bestreiten. Ich lebte von Ines' Geld als Laborantin, ich konnte also ebensogut mit ihr nach Innsbruck ziehen und es wenigstens einmal versuchen.

So kam ich zu einem Musicalzirkus, der mich auf Tournee durch halb Europa schickte. Ich spielte im Halbdunkel des Bühnenhintergrundes naive Melodien. Es fühlte sich an, als würde man mich Abend für Abend die korrekte Reihenfolge der Buchstaben im Alphabet abhören und mir dafür auch noch begeistert applaudieren. Die Sänger waren stundenlang mit Makeup, Halskrankheiten und Intrigen beschäftigt, die Musiker erwiesen sich als mehr oder weniger wortkarge, jedenfalls talentierte Säufer.

Hin und wieder saß ich mit unserem irischen Saxer nach den Gigs an der Bar. Ich trank Bier, er Whiskey, er erzählte mir von seiner Freundin aus Frankreich und tarnte seine Sehnsucht, indem er von ihr als seinem ›goldenen Mundstück‹ sprach. Eine flinke Zunge habe sie, kein Wunder, auch sie war Saxophonistin, mehr als flinke Zungen auf heißgespielten Schilfrohrblättern und zuckenden Geschlechtern schienen beide nicht von einer gelungenen Beziehung zu erwarten.

Ich begann, ihn ›Choose-one‹ zu nennen. Wenn wir gegen drei Uhr von einer bettmüden Bedienung zu zahlen aufgefordert wurden, griff er unter Aufbietung aller Konzentration in seine rechte Hosentasche und zog daraus einen Stapel zerknitterter, von Waschmittel und Weichspüler ausgebleichter Geldscheine hervor, die er auf die Theke warf. Dabei gurgelte er mit seinem vokalarmen Donegal-Akzent (man ahnte, daß er mit dem Brechreiz kämpfte): »Choose one.«

»That's not enough. Das reicht nicht.« Die Augen der Bedienung umwölkten sich schwarz.

Der Saxer ließ ein unterdrücktes Rülpsen hören, schmatzte zweimal, dann griff er in die linke Innentasche seines speckigen Jacketts und förderte eine Unzahl Kreditkarten hervor, die er spielerisch auf dem Tresen auffächerte.

»Choose one.«

Irgendeine war wohl immer gedeckt.

Wie bei mir. Ich hatte einen Job, der mir Monat für Monat vierstellige Zahlen auf das von Ines sachkundig geprüfte Girokonto spülte. Was ich noch immer nicht hatte, war die Befriedigung über das Gefühl, ›es‹ versucht zu haben, ›es‹ gefunden zu haben.

18.

Doch liebte ich es, meiner Frau alberne SMS in Überlänge zu schicken.

zu meiner beruhigung solltest du mir sagen, ob die stadt noch steht, nachdem ich sie gestern nacht verlassen und ein wenig an ihr gerüttelt habe, um zu probieren, wie kräftig ihre grundfesten sind. lio

am horizont vor mir schwebt ein mcdonald's-schild. davor steht ein kran. es sieht aus, als hätte ein kranarm die pommes an einer gabel aufgespießt, um sie sich in sein enormes kranmaul zu stopfen. kräne sind gefräßige wesen. lio

gerüchten zufolge soll im salzkammergut anläßlich einer sondierungsgrabung erstmals intelligenter blumenkohl entdeckt worden sein. der kohl sei ungewöhnlich desinteressiert an seiner entdeckung gewesen. er habe sich als lärmempfindlich erwiesen, sowie als freund fester prinzipien, der grundsätzlich konservativ denke und fühle. noch ungeklärt ist seine vorliebe für motorsport und briefmarken des commonwealth. – höre gerade »professor shaftenberg« von momus, was hörst du? lio

Ich liebte es auch, meine Beobachtungen aus Tourneestädten auf Bierdeckel zu schreiben und sie Ines als Postkarten zu schicken. Die Rückseiten dreier Guinness-

Untersetzer mit Dubliner Poststempel besitzen noch heute einen Platz an meiner Wand.

Die bloße Feststellung: »Ooh, it's raining!« verkommt hier zu etwas Formelhaftem. Natürlich regnet es. Was denn sonst?!
»Ooh, it's Dublin!« Meine Gespräche mit dem Hotelportier beschränken sich auf den Verlauf dieses Dauersturmtiefs über dem Atlantischen Ozean.
»It's a rainy night!«
»It's indeed a bad night, tonight!«
Aber jede Nacht ist heute nacht.
Meine Schuhe haben keine trockene Stelle mehr. Mein Mut auch nicht.

Die Iren haben die Autohupe als Waffe entdeckt und sich damit in die lautstarken Länder Europas eingereiht. In ihre Vorrichtungen für blinde Fußgänger pflegen sie, kleine Enten einzusperren, die ein monotones Quaken vernehmen lassen, wenn es unratsam ist, die Straße zu überqueren. Wenn der Überweg freigegeben wird, beginnt ein scheußlich hoher Rückkoppelungston, gefolgt von raschem Klickeklack. Ich höre es, wiederkehrend, durch den Regen, neben den Geräuschen der Nacht, tief in meine Decken vergraben.

Die Iren sind mächtig stolz, wenn sie auch nicht so genau zu sagen wissen, worauf und weshalb eigentlich. Dabei haben sie enorm unter der englischen Kolonialherrschaft gelitten. Oder vielmehr unter der der Schotten, tapferen protestantischen Kirchensoldaten, selbst kolonisiert von den Engländern. Und von Kolonisierten kolonisiert zu werden, das ist so ziemlich das allerletzte. Vor allem weil die Iren ihrerseits nie haben kolonisieren dürfen. Und so blieb ihnen nichts übrig, als ihrem Unmut Luft zu machen und zu singen. Und wie sie singen, die Iren! Wo sie gehen und stehen, wie aus dem Nichts heraus erheben sich ihre Stimmen.

Sie singen und singen und singen. Ich habe beobachten dürfen,
wie Dubliner, ihre vollgepfropften Straßen durchhastend, einander
durchs Mobiltelefon Liedchen zuträllern.
Das erhöht den melodischen Zulauf des Landes ungeheuer.
Denn Singen ist nationale Tat. Singen ist religiöse Tat. Singen ist
katholisch. Hätte man den Iren die Schotten zum Kolonisieren
gegeben, wäre manches sicher anders gekommen. Aber vielleicht
wären die Iren auch nur die ersten singenden Kolonialherrscher
der Welt geworden.

19.

Schließlich liebte ich es auch, wenn ich in den frühen Morgenstunden zurückkam, hoffnungslos übernächtigt, nach wochenlangem Aufenthalt in einem Nightliner riechend, mich ungeduscht neben Ines auf das Bett streckte und den Sonnenstrahlen hinterherwitterte, die sich untertags im blonden Flaum auf ihren Armen verfangen hatten. Den Sonnenstrahlen und dem Kakaogeruch. Ines war gierig nach Schokolade. Von jeder Tour brachte ich ihr Pralinees mit. Sie aß sie, wie andere Wein trinken, oder eben nicht, denn guter Wein wird gekaut, sie jedoch zerkrümelte die Schokolade und ließ die Bruchstücke in ihrem Mund schmelzen. Sie trank sie regelrecht. Vielleicht war das auch der Grund, weshalb sie nie zugenommen hatte in all den Jahren.

Ich erinnere mich, daß die Flüssigkeit, die ich ihr anderntags zwischen Schambein und Oberschenkel von der Haut leckte und in mich aufnahm, ein wenig nach Noisette schmeckte. (Oder will es mir nur heute so scheinen, da all diese Jahre vergangen sind, in denen ich nichts dergleichen gekostet habe?!)

Nach dem Sex legte Ines ein Bein über mich, schlang es um mich, wie um mich zu decken, zu betten, zu bergen, zu schützen vor der Welt da draußen, die mich in wenigen Tagen schon wieder um ihre Gegenwart brächte. Ich hatte ihr nie erzählt, daß ich als Kind stets vollständig in meine Decken eingehüllt lag, daß kein Lufthauch darunter kam, kommen durfte. Weniger wegen der Kälte, sondern um die Geborgenheit und Beschirmtheit von allen Seiten zu spüren. Ines schien darum zu wissen, sie schien um so vieles zu wissen, wovon ich ihr nie erzählt hatte, und sie handelte danach. Das war einer der Gründe, weshalb ich Ines geheiratet hatte.

Ines war die erste Frau in meinem Leben, die mich nicht nach meinem Vater beurteilt hat.

In unserem niedersächsischen Dorf wußte jeder davon: Ich war der Sohn des Selbstmörders. Jeder wußte etwas, aber niemand wußte Genaueres. Ein Zustand, den kleine Mädchen nur schwer ertragen.

Mein Vater ging eines Abends in den Wald und kam nicht mehr zurück. Genauer gesagt war es der 17. Juni, damals noch ›Tag der deutschen Einheit‹. Man fand ihn am nächsten Morgen neben dem Vereinshaus der Sportschützen. Er hatte sich mit seinem Jagdgewehr in den Kopf geschossen. Ein aufgesetzter Schuß, zwei Tage lang war man damit beschäftigt, Blut und Hirnmasse von der Hauswand zu kratzen und sie neu zu streichen. Mein Vater hatte sich erschossen, obwohl oder weil er ein erfolgreicher Ingenieur war. Keine Schulden, keine Schuld. Und Mutter behauptete: auch keine Depressionen. Es gab keinen Grund, sich in der Lebensmitte, auf dem Höhepunkt seiner Karriere, zu erschießen. Ein wunderbar erklärungsbedürftiger Tod. Nichts konnte einen sechzehnjährigen Jungen mit blutig gekratzten Händen, der wegen seiner schlaffen Magerkeit, die an Armen und Schultern spitze Knochen hervortreten ließ, von einer ans Monströse grenzenden Unsportlichkeit war, plötzlich interessanter machen für die Mädchen seiner Altersstufe.

Abendspaziergänge führten meine Klassenkameradinnen und mich in schöner Regelmäßigkeit in den Wald, wo sie, wenn sie des Schützenhauses ansichtig geworden waren, die Augen zu mir erhoben und ihre Frage lispelten: »Du, weshalb hat dein Vater das getan?«

Hätte ich es gewußt, ich hätte es wirklich gern gesagt, schon allein, um diesen leidigen Punkt zwischen uns geklärt und den Mund für Reizvolleres freigequatscht zu haben. Aber ich wußte es nicht. Und meine angehenden Freundinnen wollten ihre Küsse nicht ohne Gegenleistung erbringen.

Ines war anders. Sie war siebzehn, großgewachsen (fast größer als ich) und, im Gegensatz zu ihren Vorgängerinnen, schon eine Frau, mit Brüsten, die sich unter den selbstgestrickten Pullis abzeichneten. Ihre Haut war bronzefarben, sie besaß ein klassisch römisches Profil mit hohem Schwung der Augenbrauen, trug einen burschikosen Schnitt und färbte ihr Haar tiefschwarz, was ihr in den Eiscafés der nahegelegenen Kreisstadt bisweilen eine Ansprache in Italienisch zuteil werden ließ. Sie wollte nicht in den Wald, im Wald war zuviel Kleingetier unterwegs, außerdem gab es darin einen Tümpel, wenn auch nur einen winzigen. Sie hörte sich meine Geschichte an, die ich ihr von mir aus erzählte, streichelte meine Hände, sie zuckte mit den Schultern und führte ihren Mund an meinen, um mich in die Unterlippe zu beißen. Dann küßte sie mich grinsend. Als Gegenleistung mußte ich ihr lediglich versprechen, niemals ein Gewehr in die Hand zu nehmen.

Ich verweigerte den Kriegsdienst.

20.

Dann begann ich das Gitarrenstudium. Im Alter von sieben Jahren hatte mir mein Vater eine Wandergitarre geschenkt. Er selbst war in einer vollkommen heiteren Weise unmusikalisch, jede Äußerung meiner Fähigkeiten, die ich nach und nach auf diesem Instrument erwarb, bestaunte und bewunderte er wie die Leistungen eines frühreifen mathematischen Genies. Es blieb etwas jenseits seiner eigenen Vorstellungskraft. Ich spielte gern, machte aber nur wenig echte Fortschritte. Erst nach Vaters Tod stürzte ich mich auf den Unterricht. Wenn ich spielte, sei ich hundertprozentig bei mir und bei Vater, behauptete meine Mutter. Das war nicht ganz richtig. Wenn ich spielte, sah man wenigstens meine roten Hände nicht mehr, an denen ich jetzt noch mehr kratzte als je zuvor. Oder man sah sie nicht an. Man achtete auf mein Gesicht, nicht auf meine Bewegungen. Ich sah mir elegische Mienen von den großen Jazzgitarristen ab. Und unweigerlich nicht nur die Mienen.

Mein Gitarrenlehrer riet zum Konservatorium. Mutter war gerührt und hätte mir alles finanziert, was mich nur davon abhielt, so zu werden wie mein Vater. Und Ines, mit der ich bereits seit über drei Jahren ging, sah eine glänzende Karriere vor mir liegen. Sie war verrückt nach meinen Musikerfingern, sie liebkoste sie, nahm sie nach dem Spiel in den Mund (sie schmeckten nach Metall, die E-, die A- und die D-Saite hatten ihnen ihr Aroma verabreicht), und sie wollte, daß ich sie von Hand befriedigte. Ich träumte von meinen Fingern in Ines' Mund, von meinen Fingern zwischen ihren Schenkeln. Von einer Karriere träumte ich nie. Das Wort war leeres Gewäsch für mich zu einer Zeit, in der alles, sogar die Werbung, die Devise ausgab, daß das Beste im Mann (neben seinem Bartwuchs) das war, was er in rücksichtslosen Ellbogengemetzeln erreicht hatte. Karriere war für mich ein Knall in der Nacht, den niemand gehört hatte, und Blutspritzer an einer Wand, die so rasch wie möglich geweißt werden mußte, was sollten die Schützenbrüder denken?!

Ich absolvierte mein Studium ohne Zwischenfälle, ich durfte Ines und meine Mutter nicht enttäuschen. Die Gitarre war ein freundliches Haustier, das mir wenig abverlangte. Während meine Kommilitonen mit ihr kämpften und an ihr zu verzweifeln drohten, schien mich das Instrument zu lieben. Manchmal schämte ich mich dafür, denn ich erwiderte seine Liebe nicht. Ich mochte, daß es noch immer von meinen Händen ablenkte, aber ich liebte es nicht.

21.

Es erschien mir als Rache der verschmähten Liebhaberin, daß Ines schon kurze Zeit nach unserer Hochzeit damit aufgehört hatte, die Gitarre als sexuelles Stimulans zwischen uns zu benutzen. Wenn sie von der Arbeit nach Hause kam und mich mit dem Instrument in der Hand antraf, suchte sie meinem Blick auszuweichen und verstaute schweigend die Einkäufe in den Schränken. Ich hatte ihr angeboten, für einige Jahre den Hausmann zu spielen, aber sie verlangte mehr von mir. Mehr Initiative. Nicht nur bei der Jobsuche. Sie wollte nicht immer alle Entscheidungen allein treffen, weil aus mir nichts Eigenes, nichts Eigentliches herauszubekommen sei. Den Hausmann in mir, der sich Gehör zu verschaffen suchte, ignorierte sie gekonnt.

Ines nahm die Kaffeekanne von der Maschine, um uns einzuschenken. Den Frühstückstisch hatte ich gedeckt, wie immer. Ich hatte auch Brötchen geholt. Ich wollte ihr signalisieren, daß ich gern mit ihr früher als nötig aufstehe. Sie schmierte fettarmen Frischkäse auf eine Brötchenhälfte.

»Du wolltest immer nur deine Kindheit zurück. Und ich will endlich erwachsen werden.«

»Wie bitte?«

Ich setzte die Kaffeetasse ab. Mein Blick fiel auf zwei Stück Würfelzucker, die neben meinem Teller lagen.

»Welchen Teil hast du nicht verstanden?«

»Wieso sollte ich meine Kindheit zurück haben wollen?«

»Vielleicht weil dein Vater sie dir genommen hat?!«

»Mein Vater hat sich umgebracht, als ich sechzehn war. Bißchen spät für die Kindheit.«

»Und wie würdest du ihn dann nennen, deinen Versuch, für dein eigenes Leben keine Verantwortung übernehmen zu müssen?«

Ich stutzte. Ich sagte: »Rock'n Roll?«

»Oh Gott, Lio …!«

Ines verdrehte die Augen, schüttelte den Kopf sachte einmal nach hier, einmal nach dort.

»Genau das meinte ich.«

Ich dachte einen Moment darüber nach und stellte fest, daß da vielleicht etwas dran war. Ich mochte keine Menschen, die noch nie etwas anderes von ihrem Leben wollten, als erwachsen zu sein, die sich schon während ihrer Schulzeit und ihres Studiums auf den Tag vorbereiteten, an dem sie den Stift fallen lassen und erwachsen tun könnten. Mit Brief und Siegel als Erwachsene anerkannt wären. In Lohn und Brot, mit Frau, Kind, Offroader und einer Steuererklärung. Mit dem Schimpfen über die hohen Steuern und über das Frühaufstehen, mit dem Gähnen vor der Abenddämmerung und dem Hinweis, man sei jetzt schließlich Teil einer arbeitenden Bevölkerung, da mache man sowas nicht mehr leichthin mit; selbst dies betonte Gähnen: Teil eines langweiligen kleinen Spiels, das sie mit sich und ihren Freundinnen und Freunden aufführten, ein Spiel, von dem sie träumten, seit sie sieben Jahre alt waren.

Ines musterte mich. Vielleicht tat sie es schon seit Minuten. Sie war mit dem zweiten Brötchen fertig und spülte mit Kaffee nach.

»Ich habe das Gefühl, du gibst dir überhaupt keine Mühe mehr«, sprach sie in die Kaffeetasse hinein, sie orakelte, ich wußte beim besten Willen nicht, was sie darin gelesen haben mochte.

»Natürlich geb ich mir Mühe, natürlich ist das Mühe – «

»Also kostet es dich Mühe, mit mir zusammen zu leben?!«

»Mich?«

»Ja, dich.«

»Ich glaube eher, du hast Mühe mit mir.«

»Das ist einfach.«

»Was?«

»Den Spieß umzudrehen. Du machst es dir verdammt einfach.«

»So war das nicht gemeint, ich – «

»Weich jetzt nicht wieder aus, steh endlich mal zu deiner Meinung.«

»Ich weich doch gar nicht aus, ich – «

»Ja?«

»Scheiße, ich hab den Faden verloren.«

»Ich muß jetzt los.«

»Du mußt jetzt los.«

Sie mußte tatsächlich los.

Ines inszenierte die Streitereien wie eine klassisch erzählte Kurzgeschichte: Das ebenso plötzliche wie offene Ende, bevor sie ins Labor eilte, sollte mich zum Grübeln anregen, wie es mit den Protagonisten wohl weitergehen würde. Also grübelte ich, grübelte und schrieb. In diese Zeit fiel es, daß ich mein ›Nächtebuch‹ zu führen begann, daß das Schreiben wichtig und wichtiger für mich wurde.

Was wir erhoffen und was wir bekommen – zwei Paar Stiefel, beide drücken. Das mochte Ines gedacht haben, als ihr der Ekel ins Gesicht geschrieben stand, während sie mir einen Abschiedsblick zuwarf und ich mit dem Messer, mit dem ich zuvor Butter aufs Brot verteilt hatte, in meinem Kaffee rührte, um keinen Löffel zusätzlich schmutzig zu machen oder mir einfach den Weg zum Besteckkasten zu sparen.

Ich war Ines nach Innsbruck gefolgt, weil ich in ihrer Nähe bleiben wollte. Und weil es so nicht enden durfte.

22.

Auf der Liste mit den ausgestrichenen Namen stand nun also der meiner Exfrau. Ich konnte mich nicht dazu durchringen, diese Mutmaßung zu überprüfen; immerhin hätte mir Ines mit dem Briefversand bewiesen, wieviel ich ihr noch immer bedeutete, und ich wollte mir dies Gefühl nicht mutwillig zerstören. Liebe verzeiht vieles, nur nicht Ignoranz.

Bis meine Exfrau eines Sonntagabends mit dem Handy

von unterwegs anrief und mir einen Überraschungsbesuch ankündigte. In allergrößter Eile vergrub ich die Muscheln in meinem übervollen Schmutzwäschebehälter, ließ die Bilder in Schubladen verschwinden. Den Panda drapierte ich mit einem Leintuch. Leider erfolglos, jetzt wurde Ines erst recht auf ihn aufmerksam.

»Wie lang soll das denn noch gehen?« fragte sie, während sie Kaffee kochte. Sie kannte sich aus in meiner Küche. Sie hatte noch immer alle Rechte darin.

»Keine Ahnung«, log ich, »keine Ahnung, wovon du sprichst.«

»Du hast keine Ahnung, wovon ich spreche. Wenn du mich wenigstens nicht vergessen *wolltest*, das wäre ja immerhin schmeichelhaft. Aber du *kannst* mich einfach nicht vergessen. Das ist wieder so was Unwillkürliches. Da steckt auch kein bißchen Eigenwillen drin.«

Ich betrachtete sie von der Seite. Ihre Wangen schienen weicher, das Jochbein drückte sich weniger deutlich ab. Auch die Schatten unter ihren Augen, die ich immer so geliebt hatte, waren fast verschwunden. Ines war fülliger geworden. Kaum merklich zwar, aber doch ein wenig fülliger in meinen Augen.

Die Kaffeemaschine röchelte, Ines stellte eine volle Tasse vor mich auf den Tisch. Sie hielt den Würfelzucker griffbereit. Wir kannten uns jetzt fast 25 Jahre. Sie wußte noch immer nicht, wie ich meinen Kaffee nehme (mit Milch, ohne Zucker, bei ihrem neuen Freund, einem erfolgreichen Juwelier, merkte sie es sich bestimmt schon nach dem ersten Treffen). Ich trank einen großen Schluck (ohne

Milch, ohne Zucker!), nahm mir eine von ihren Zigaretten und zündete sie umständlich an.

»Du rauchst wieder?« fragte sie.

»Ja.«

»Seit wann?«

»Seit eben.«

Ines verzog die Lippen zu einem kleinen Oval und rümpfte die Nase. Dabei hatte ich nicht einmal gelogen. Ich rauchte jetzt nur, um meine Hände freizubekommen. Freizubekommen von ihrem Blick, um ihn nicht länger auf meinen rotknospenden Knöcheln zu spüren.

Nein, da war keine neue Beziehung in Sicht. Ich hatte mich in den letzten Monaten immer wieder dabei ertappt, wie ich darüber nachdachte, Ines zu betrügen, um es ihr heimzuzahlen. Um ihr heimzuzahlen, daß ich sie noch immer wollte (wollte, *wollte!!!*). Es war zu abwegig, also probte ich stattdessen neue Melodien für Paintner (ich fragte mich, ob ich es nicht einmal mit einem Jazzklassiker versuchen sollte, *Petite Fleur* vielleicht, zu Erdnußsauce mochte es ganz brauchbar sein).

Eine neue Beziehung, so dachte ich, hätte es Ines auch zu einfach gemacht. Ich wollte, daß sie sich weiter mit mir beschäftigte, so oder so.

Ich beschloß, sie auf die Probe zu stellen, indem ich sie ins Vertrauen zog. Ich erzählte Ines von meinen Briefen. Sie gähnte und strich sich eine blondierte Haarsträhne aus der Stirn, die sich wie immer in ihrem Ring verfing. (Sie hat ihn nicht abgelegt. Noch immer nicht. Oder war das etwa ein ganz anderer Ring?)

»Ist das überhaupt ein – ›Brief‹?« fragte Ines, nahm sich eine Zigarette und schnippte mir mit einer raschen Bewegung des Zeigefingers über den Küchentisch hinweg die Schachtel zu.

Ich war gekränkt, schnippte die Schachtel zurück. Ines spürte meine Stimmung und lenkte mit ruhigerer Stimme ein: »Ist das ein Brief, wenn nichts drin steht, Lio? Glaubst du wirklich, daß das ein Brief ist?«

Ich wollte nicht diskutieren. Aber wir diskutierten. Nach anderthalb Stunden beharrlichem Hinundher, in dem sie mir unter anderem empfahl, mich damit lieber an die Polizei zu wenden, schloß Ines, während sie auf die Armbanduhr sah – ein Geschenk ihres Neuen, mit dem sie sich gleich beim Edelitaliener ›La Venezia‹ treffen wollte –, lapidar mit den Worten: »Verweigere die Annahme.«

Ich nickte, blickte ebenfalls auf ihre Uhr und sagte: »Du mußt los.«

Unsere Zusammenkunft hatte mich erschöpft. Zumal sie mir zeigte, daß Ines nichts verstanden hatte. Verweigere die Annahme – was für ein Unsinn! Als ob sich dadurch irgendetwas ändern würde. Das wäre, wie einem Ertrinkenden zuzurufen: »Frische die Glieder, mein Freund, und schwimme!«

Ich wußte, daß ich wieder mit dem Rauchen beginnen würde, daß Ines nicht aufhören würde, mich zu mögen, ohne mich je wieder zu lieben, und daß sie ergo eher zu einer mondänen Juweliersgattin mutierte, als mir diese Einschreiben zu schicken.

Beim kameradschaftlichen Verabschiedungskuß erzählte

sie mir, daß ihr Freund schon wieder eine neue Filiale eröffnete, diesmal in Bregenz. In diesen Momenten komme er erst in Innsbruck an und müsse am nächsten Morgen in aller Frühe an den See. Ich dachte daran, daß ich aus Bregenz noch kein Schreiben erhalten hatte.

Zwei Tage darauf war der erste Mittwoch im Monat.

IV.
Ein schiefstehendes ›H‹

23.

Mit dem siebten Schreiben (Poststempel St. Pölten) begann ich, die Briefe systematisch zu sammeln, versah sie mit Jahreszahl und Monat und legte sie in die Tischschublade. Dann ging ich mit meinem Bündel zur Gendarmerie. Ein nicht mehr ganz junger Beamter kaute verträumt auf seinem Kaugummi, als ich eintrat. Nach meinen ersten Worten wandte er sich dem Computer zu, um ein Protokoll aufzunehmen und lud mich ein, mich ihm gegenüber zu setzen. An der Wand hinter ihm hing der Wimpel eines inzwischen drittklassigen österreichischen Fußballvereins, der in den letzten Jahren fünfmal seinen Namen gewechselt hatte. Der Eifer meines Gendarmen verflog rasch. Erst hielt er im Tippen inne, dann schien er mir kaum mehr zuzuhören, um schließlich, er unterbrach mich brüsk, festzustellen, daß von einem leeren Blatt Papier kein Bedrohungspotential ausgehe. Ich solle wiederkommen, wenn die Schriebe klare Worte enthielten, man mir oder einem Familienmitglied den Tod ankündige, zum mindesten schwer an meiner Ehre rühre, Geld von mir erpresse oder aber eine widernatürliche Sachleistung. Als ich mich schon zum Gehen gewandt hatte, rief mich der Gendarm noch einmal zurück. Hinter vorgehaltener Hand riet er mir, doch einmal mit dem Steinbichler Koloman zu sprechen, einem ehemaligen Kriminalen, der bei mir im Haus wohnte, meine Adresse sei ihm ohnedies so bekannt vorgekommen. Der Steinbichler sei Spezialist gewesen für ›ungewöhnliche Fälle‹. Mit etwas Normalem habe der sich gar nicht eingelassen. Aber da in Innsbruck nur wenig Ungewöhnliches anfalle, habe sich der Steinbichler recht selten mit irgendetwas beschäftigt, womit er sich den währenden Unmut der Kollegen zugezogen habe.

Der Steinbichler sei Pensionist, der habe Zeit. Der habe vielleicht Interesse. Der habe schon immer eine Beschäftigung gebraucht. Er strich sich durchs Haar, Schuppen fielen auf seine dunkle Uniformjacke. Dann flog die Tür auf und ein Vorgesetzter kam herein. Der Gendarm schluckte sein Kaugummi.

24.

Als ich das erste Mal bei Koloman Steinbichler klingelte, öffnete niemand. Es war früher Abend, die Zeit, zu der Pensionisten zuhause zu sein pflegen.

Nach dem zweiten Klingeln streckte eine alte Nachbarin den Kopf aus ihrer Tür und rief mit vorgeschobenem Unterkiefer: »Was wollens denn von dem alten Grantler?«

Noch bevor ich antworten konnte, sagte sie, mit einem flüchtigen Seitenblick in Richtung Treppenhaus, nix für ungut, aber er sei halt ein alter Kritikaster, einer, der an nichts ein gutes Haar lassen könne. Kein Penibler, ein Grantler eben.

»Deshalb hat ihn ja auch seine Frau verlassen. Hat das Granteln nicht mehr ausgehalten. Mit 60 auf und davon. Wenns mich fragen: Ich wär schon früher gangen.«

Wahrscheinlich treibe er sich in der Garage rum und schraube an seinem Auto.

»Immer laßt er den Motor laufen, immer. Hab ihm schon so oft gesagt, daß es in mein Wohnzimmer einistinkt, aber was glaubens, was ich da zu hören bekomm? ›Schleich dich, du depperter Hüpfgnom‹ sagt er zu mir, der ausgschamte Mensch. 'S ischt a Schand vor dem Herrn!«

Ich bedankte mich, ging ohne mich umzuwenden und kehrte anderthalb Stunden später wieder. Der Grantler war ein hünenhafter Schnurrbartträger, der sich duckte, als er seinen Kopf durch die halbgeöffnete Tür schob. Dahinter, von tief unten, hörte ich das Scharren kurzer Krallen am Holz. Ich schluckte und richtete Grüße aus vom kaugummikauenden Gendarmen. Einen Moment verharrten wir so, er hinter, ich vor der Tür, oder ich dahinter und er davor, so wird es der Cockerspaniel empfunden haben, dessen Nase und feuchte Äuglein nunmehr im Türspalt auftauchten. Strenggenommen öffnete der die Tür, noch bevor es sein Herrchen tat, strich mir zwischen den Füßen umher, ohne auch nur die geringsten Anstalten zu machen, an mir zu riechen, und versuchte, mein rechtes Bein zu besteigen. Der Grantler nickte, zog den Hund zurück mit den Worten: »Aus, Tadzio, aus«, er bat mich herein und ließ mich auf einem durchgesessenen lindgrünen Sofa Platz nehmen, von dessen Polstern ich zunächst einige aufgeschlagene Bücher entfernen mußte. Mein Blick fiel auf ein ›Tractat von dem Kauen und Schmatzen der Todten in Gräbern‹, das neben meinem rechten Oberschenkel lag. ›Einarmige Jubiläumsausgabe‹ las ich beharrlich als Untertitel, wenn mir das Buch bei einer Rechtsdrehung wieder vor Augen kam.

Der Pensionist setzte sich mir gegenüber in einen nicht zum übrigen Mobiliar passenden Sessel mit schwarzlackierten Armlehnen, von emsigen Fingern blank, ja, wund gerieben, rechts stärker als links, dort trat bereits das Holzfleisch hervor unter dem spärlichen Firnis. Er stützte die Unterarme auf die Oberschenkel und verschränkte die Finger; seine Nägel, unter denen ich Spuren von Motoröl und Schmiermittel vermutet hatte, waren sauber und bis zum Fleisch abgekaut; nur Zeige- und Mittelfinger der rechten Hand trugen dunkle Verfärbungen, die auf ihren Innenseiten ins Zimtfarbene spielten. Auf Ende 60 schätzte ich ihn. Seine Gesichtsfarbe reichte von einem ledrigen Gelb um die Augen bis zu einem sonnengegerbten Braun auf Stirn und Nasenrücken. Er besaß einen fleischigen Kehlkopf, saß vornübergebeugt, seiner Größe wegen; ich konnte mir nicht vorstellen, daß er unter die Türbalken seiner Wohnung paßte; unter einem braunweiß gestreiften Hemd zeichneten sich zwei schwere mütterliche Brüste ab, die in einen überreifen Bauch mündeten. Er mochte vier Zentner wiegen. Dreimal soviel wie ich. Das Atmen fiel ihm hörbar schwer.

Mit einem leisen Seufzer setzte sich der Grantler schließlich auf, zog das Tier, das noch immer mit bedenklichen Absichten um meine Beine strich, auf seinen Schoß und hörte mit skeptischem Blick meiner Geschichte zu. Er schwieg. Von Granteln keine Spur.

Als eine Pause in meinem Redefluß eintrat – ich hatte mich nach dem Gespräch mit der Nachbarin wohlweislich auf die Situation vorbereitet –, ging er ohne ein Wort aus dem Raum, Tadzio noch immer auf den Armen. Ich hörte ihn in der Küche hantieren, er kochte Kaffee. Er kam wieder mit zwei Tassen, setzte die eine vor mir ab, ohne mich anzusehen, stellte die andere vor sich hin, schüttete sich die Hälfte daraus in die Untertasse und begann seinen Verlängerten zu schlürfen. Der Spaniel gähnte vernehmlich.

»Wenigstens geht Ihnen das Papier nicht aus. Zeigens mal den Umschlag.«

Ich kramte in meinem Bündel und reichte ihm das jüngste Corpus delicti. Er starrte auf meine rotgeäderten Finger, ich hielt das Schreiben noch immer in der ausgestreckten Hand und machte jetzt eine Bewegung, sie zurückzuziehen. Der Grantler schenkte sich Kaffee in die Untertasse nach.

»Hams die alle angefaßt? Mit bloßen Händen?«

Mir fiel das Blatt zu Boden.

»No«, sagte er und fläzte sich in die Polster, »Fingerabdrücke könnten wir eh nicht abgleichen.«

Schweigen.

»Es sei denn, Sie haben ein kleines Archiv angelegt.«

Schweigen. Ich hob das Blatt wieder auf.

»Das kannst ja noch machen. Die meisten Anonymlinge kommen aus dem direkten Umfeld. Irgendwann lassens

Abdrücke in der Wohnung. Auf der Türklinke. Auf dem Geschirr.«

Ich besah meine Finger, mit denen ich soeben den Tassenhenkel gefaßt hatte. Der Grantler folgte meinem Blick.

»Aber dann Griffel weg vom nächsten Schrieb. Einweghandschuhe. Baumarkt. Dann das Papier auf Fingerabdrücke untersuchen.«

Jetzt setzte ich die Tasse an den Mund und begann, leise zu schlürfen. Ich mied seine Augen, kehrte erst zu ihnen zurück, als er zu lachen begann. Er sagte: »Eisenpulver. Auch im Baumarkt. Tesafilm wirst haben. Bißchen Erfahrung braucht man schon. Ich zeig dir, wie's geht. Mußt halt wiederkommen.«

Ich dankte ihm für den Tip, trank aus und stand auf.

»Weißt eh, wies mich nennen?« fragte er beim Rausgehen. Ich nickte.

»Und, hams recht?«

»Tagesform?« fragte ich zurück.

»Tagesform«, bestätigte der Grantler nickend, mit zusammengekniffenen Augen, und schob mich über die Schwelle.

So lernte ich Koloman kennen, den Kriminalen. Den Grantler. Mit dem Gesicht eines kleinen Buben. Eines alten kleinen Buben.

25.

Tributschwer sprach ich anderntags wieder bei meinem Nachbarn vor, noch in der Tür nahm er mir die drei Flaschen Bordeaux aus der Hand. Er hatte aufgeräumt, die umherliegenden Bücher waren nun in Stapeln an der Wand aufgestellt. Dafür roch es in der Wohnung nach Kleidern, die zu lang in einem feuchten Kellerraum gelegen hatten. Bei meinem ersten Besuch hatte ich nicht bemerkt, wie spartanisch er eingerichtet war: Tisch, Sessel, Sofa, keine Schränke für die vielen Bücher, keine Bilder an den Wänden. Nur hellere quadratische Flecken im schmutziggelben Anstrich. Er hatte wohl nie nachgestrichen, seit seine Frau ihn verlassen hatte. Von ihrer ›ordnenden Hand‹ kündete nichts mehr.

Während er eine Flasche entkorkte und mit einem Blick aufs Etikett leise grantelte, daß es in Österreich schließlich auch anständigen Wein gebe, riet er mir zunächst, die Briefe miteinander zu vergleichen, Abweichendes zu suchen, das auf etwas anderes als die Einwirkungen des Transports oder des Postmanns hindeutete. Er erklärte mir, was an einem Papier kleben, was den Absender verraten könne: Haare, Hautschuppen, Nasenschleim.

Unter seiner Aufsicht versuchte ich, allerkleinste Informationen über die Einschreiben herauszufinden. Ich ging in die Bibliothek und besorgte mir eine Standardabhandlung über Daktyloskopie. Mit gezückter Graphitdose hielt ich tagelang nach Fingerabdrücken Ausschau, Millimeter für Millimeter suchte ich die Blätter ab. Erfolglos. Ich hielt sie dem Grantler hin, in der Hoffnung, er würde es besser treffen. Unterm Tisch tanzte der verliebte Tadzio zwischen meinen Beinen.

»Ziemliche Schmiererei«, kommentierte er mein vages Hantieren mit dem Graphit, »weniger wär halt mehr.«

Dann bestätigte er meinen Eindruck: Nichts. Gar nichts. Die Blätter waren klinisch rein, zumindest die, die ich nicht mehr mit den Fingern berührt hatte. Der Grantler verzog den Mund, dann stand er auf, kramte in einer Ablage und kehrte mit einem Bleistift zurück. Er nahm sich eines der Schreiben und begann es zu schraffieren. Dann ein zweites. Und ein drittes. Er hielt inne.

»Durchgedrückt hat sich auch nichts«, sagte er laut ausatmend. »Manchmal legens aus Gewohnheit ein Blatt unter, um besser schreiben zu können. Wir haben einen Entführungsfall gelöst, weil einer auf dem drüberliegenden Formular seine Adresse und die von seinem Finanzamt notiert hatte.«

Ich nickte schweigend.

»Riecht das Papier?« fragte der Grantler unvermittelt.

Roch es? Ich wußte es nicht. Ich nahm eine Prise. Ich wußte es noch immer nicht. Unentschlossen hielt ich es ihm hin.

»Frag mich nicht«, sagte er, »ich riech schon lang nichts mehr. Bin froh, daß ich hin und wieder noch was schmeck.«

Er hustete zweimal trocken.

»Wegen der Krankheit. Alles wegen der Krankheit.«

Er strich über den Kopf des Rüden. Der roch bis her zu mir.

Ich ging nach Hause, mit meiner neuen Aufgabe betraut. Ich roch an dem Papier, ließ die Nase darüber ziehen, darüber hinweg fahren. Dazwischen sog ich Nachtluft vom Balkon ein, um wie ein Parfümeur die Konzentration auf das entscheidende Geruchsmoment zu richten. Vom ältesten Blatt angefangen, dessen Basisnote vielleicht schon verflogen sein mochte, bis zu den jüngsten Schreiben. Ich habe an ihnen gerochen, habe über ihre rauhe Oberfläche geleckt, ja, ich habe sogar von einigen gekostet, um herauszufinden, ob sie etwa auf einem Küchentisch gelegen haben, oder mit Essig, Kölnischwasser oder Schokolade in Berührung kamen, bevor sie ins Kuvert gesteckt wurden. Wieder nichts, noch immer nichts. Nur einmal glaubte ich einen Anflug von Wacholder zu schmecken. Was nichts zu bedeuten hatte.

»Also kein Zitronenaroma?« fragte der Grantler bei unserem nächsten Treffen. Ich schüttelte den Kopf. Er stand mit lautem Knacken seiner Knie oder seines Rückens vom Sessel auf, ging in die Küche und kam zurück mit einer Kerze. Er entzündete sie und bewegte die Blätter vorsichtig über der Flamme hin und her.

»Nur zur Sicherheit«, sagte er. Geheimtinte aus Zitronensaft, die Methode sei so alt wie Methusalem. Er kam zu nah an die Flamme, es zischte vernehmlich, er fluchte und führte den verbrannten Finger zum Mund.

»No, das wär ja auch zu einfach gewesen.«

Er suchte nach Brandsalbe, fand aber keine, grantelte, seufzte laut.

»Wir könnten's noch mit Ammoniak-, Eisensulfat-,

Phenolphthaleinlösung oder UV-Licht probieren, aber das wär vermutlich Zeitverschwendung.« Der Grantler saugte hingebungsvoll an seinem Finger.

Auch bei einer erneuten visuellen Prüfung entdeckten wir nichts Besonderes: keine Beschädigungen, kein Eselsohr, außer dem akkuraten Mittelfalz kein Knick; dazu das immer gleiche 80 g starke weiße Papier (ach, wenn es wenigstens Recyclingpapier gewesen wäre, dachte ich, und ich dachte dabei auch mal wieder an Ines und ihr Eifern für den Umweltschutz).

»So eine Schlechtigkeit«, grantelte Koloman, »so eine bodenlose, niederschmetternde Würzlosigkeit.«

26.

Wie die Schreiben nun aussahen, geschwärzt, angebissen, halb verdaut und wieder grob mit Tesafilm zusammengeflickt, waren sie nicht mehr verwendungsfähig, sollte ich sie irgendwann noch einmal einem professionellen Gendarmen übergeben müssen. Ich war entmutigt. Der Grantler förderte halbe Zigaretten aus der Spalte seines Sitzpolsters hervor und zündete uns zwei an – es war das erste Mal, daß ich ihn rauchen sah –, er besah sich den Umschlag und holte zu einem letzten Schlag aus.

»Irgendwelche Aufschlüsse über den Drucker?«

Negativ. Auf dem C5-Kuvert fanden wir die immer gleiche Computerschrift eines nie schmierenden Tintenstrahldruckers (Arial, 14 Punkt). Der Grantler sprach von der

Zuversicht früherer Zeiten auf einen Schriftproben- oder Typenvergleich. Plötzlich bekam er leuchtende Augen.

»Da hatte jeder so seine Erfolgsmomente, als man seine Briefe noch mit Schreibmaschine geschrieben hat. In Rumänien waren sogar die Typenköpfe registriert wie Fingerabdrücke, jede noch so kleine Abweichung, ein schiefstehendes ›H‹, ein kräftiges ›L‹, und sofort habens ihn gehabt. Aber hier und heut, mit dem ganzen charakterlosen Computerdreck ...«

Charakterloser Computerdreck schien das letzte Wort, das in dieser Sache zu sprechen war. Der Grantler startete noch einen Scheinangriff, empfahl mir, mein Umfeld ein weiteres Mal zu überprüfen, doch ich war es leid. Und wollte es mir ersparen, abermals diesen frustrierend kleinen Gesichtskreis zu vermessen (wie klein er war, das war mir in den Wochen zuvor ja erst so recht bewußt geworden).

Nach einem neuerlichen Mittwochsschreiben hörte ich auch auf, die Briefe mit Handschuhen anzufassen. Der Grantler war unzufrieden. Trotzdem sagte er beschwichtigend: »Das dauert eh zu lang, die hecken bestimmt schon was Neues aus.«

Hoffentlich, dachte ich. Hoffentlich.

27.

Mein Leben begann sich zu verändern. Ich besuchte Koloman nun fast täglich. Sehr zu Tadzios Freude, der sich vor

Liebe zu mir gar nicht mehr ›einbremsen‹ könne, wie sein Herrchen mit ironischem Zug um den Mund offenbarte. Koloman schlug mir vor, bei Spaziergängen um unser Viertel über neue Methoden nachzudenken, meinem Plagegeist zu Leibe zu rücken. Wir sprachen über alles mögliche, nur selten über neue Methoden. Stattdessen spielten wir Schach im Park, während Tadzio Enten scheuchte, durchwanderten die Innsbrucker Museen und meditierten mit den ›Schwarzen Manndern‹ am ausgebeinten Grabmal von Kaiser Maximilian. Der Grantler war so einsam wie ich. Die göttliche Choreographie schien gewollt zu haben, daß wir zueinander finden, früher oder später.

Auf Kolomans Vorschlag hin begannen wir, mehr oder weniger regelmäßig zusammen zu kochen. Keine leichte Aufgabe. Ich konnte nichts als Pasta, er ging nur selten einkaufen.

Als ich zu unserer Kochpremiere bei ihm eintrat, dröhnte aus dem Wohnzimmer das ungestüm sich verströmende Saxophon von Roland Kirk. *March on, Swan Lake*. Koloman dräute schon von weitem mit einem speckigen Topf. Ich stimmte so entschlossen wie möglich ein in den kulinarischen Kanon, aber wir fanden, entgegen seiner Ankündigung, kein Fleisch mehr, und für einen Besuch beim Metzger war es bereits zu spät. Koloman grantelte, durchsuchte die ganze Wohnung nach Eßbarem, begann sogar Tadzio zu animieren, der mit bebender Schnauze über den Teppich fuhr.

Aus einem Eck seiner Gefriertruhe förderte ich schließlich doch noch eine Packung undefinierbar blutigen Inhalts zutage. Ich brüllte gegen die wilden Wogen Fetts, die seit Minuten in der Pfanne zerplatzten: »Ich hab hier was gefunden. Aber ich weiß nicht, was es ist.«

»Wehrt's sich?« ertönte die Stimme des Grantlers aus dem Wohnzimmer.

»Nein.«

»In den Topf!« skandierte er, »in den Topf!«

Beim Essen, für das er sich extra umgezogen hatte – er trug jetzt statt des üblichen braunweiß gestreiften ein blaurot gestreiftes Hemd –, erzählte er mir von seinen Erfolgsgeschichten: die Täter zweier komplizierter Morde in nur sieben Stunden überführt, Auszeichnungen hier, Auszeichnungen da. Nur sein letzter Fall blieb ungelöst.

»Ausgerechnet der letzte, ausgerechnet.«

Das Protokoll habe er noch heute. Er habe es binden lassen, von Zeit zu Zeit schaue er hinein. Kein einfaches Vernehmungs-, vielmehr ein Zusatzprotokoll, eine Gesprächsniederschrift des wichtigsten Zeugen mit einer forensischen Psychiaterin, das er hatte anfertigen lassen, von dem er sich seinerzeit viel versprochen hatte, und das doch noch mehr Rätsel aufgab. Es sei, als ob mit diesem ungelösten Fall alles Vorherige in seinem Leben in einem anderen Licht erschiene. Selbst das Opfer, das er gebracht hatte, die Trennung von seiner Frau, werde, in diesem neuen Licht besehen, ganz und gar sinnlos.

Er war unversehens bei seiner Lebensgeschichte gelandet. Der erste Alkohol, weil ihn die kaputte Welt da draußen nicht mehr hatte schlafen lassen. Dann war's der Alkohol selbst, der ihn nachts wachhielt. Seine Frau, die die

Wohnung verließ mit den Worten: »Kolo, das mit dir und dem Leben, das wird nichts mehr.«

Ich erwartete, daß er erzählen würde mit dem Tonfall von ›Vater, Vater, warum hast du mich verlassen?‹, aber er blieb eigenartig klanglos, trank dabei einen Verlängerten nach dem anderen und aß Kuchen zum Nachtisch. Er biß immer nur wenig ab, eine Gabelspitze. Dabei sprach er unablässig über das Leben. Er kaute sich seine Sätze, kaute sich sein Leben zurecht.

»Wer richtig saufen kann, kann auch richtig leiden. Aber ich bin runter davon. Wie du siehst. Zumindest vom Alkohol.«

Er machte eine Pause. Ich versuchte, die Titel einiger auf dem Kopf liegender Bücher zu entziffern. (Mein Verleser des heutigen Tages: ›Geschichte der Massenvernichtungsaffen‹.)

Koloman folgte meinem Blick.

»Vom Alkohol bin ich runter. Von Büchern noch nicht«, sagte er. Er stellte die Kaffeetasse ab und lud mich zu einem Waldspaziergang. Über Nacht hatte es geschneit. Nein, es hatte nicht geschneit, es hatte nur so Schnee geschüttet, Schnee hatte alles unter sich begraben. Bis zum Schaft unserer Stiefel tiefe Wege. Keine Autos weit und breit. Die Welt war still, war wieder dreizehn Jahre alt.

Die Bäume hatten weißes Laub angelegt, wir sahen die Last des nassen Firns, die auf den Ästen bis hinunter zu den zierlichsten Zweigen ruhte und unter der die Baumkronen krachend sich neigten. Dies einzigartig klopfende Geräusch vor aller Bewegung, Prasseln von Tannenkien, ein wintertoller Specht, und dann das jähe Wehewort des mächtigen Astes: »Zu-rück-e!« Aber es gab kein Zurück mehr für ihn.

Und ich konnte froh sein, als ich mich auf dem Sprung seitwärts für die rechte Richtung entschieden hatte.

»No, von einem fallenden Ast erschlagen zu werden, wär ziemlich deppert«, höhnte Koloman, »und nicht gerade originell.«

»Diese Äste sehen so aus, als ob sie das gewohnheitsmäßig machen würden ... richtige Mörderäste!« wetterte ich. Ich hörte ihn lachen. Sein Atem ging schwer dabei. Dann blieb er stehen und schüttelte sich ein wenig frischen Schnee vom Mantel.

»Hast du gewußt, daß die Italiener Angst vor Freitag, dem 17., haben?«

Ich verneinte.

»Die römische Zahl für 17 ist XVII. Stell die Ziffern um, dann steht da ›VIXI‹.«

Ich sah ihn an, wahrscheinlich ein wenig schafäugig.

»Vixi«, wiederholte er, ein wenig lauter.

Ich sah ihn immer noch an. Der Grantler verdrehte die Augen.

»›Leben vorbei! Aus is'!‹«

Ich spürte, wie mir die Röte ins Gesicht stieg. Ich wich seinem direkten Blick aus, sah in den Wald hinein, horchte in den Wald hinein, roch in den Wald hinein. Ich nahm Witterung auf, vermeinte, einen Schuß zu hören. Wieder war es ein splitternder Ast.

»Ich hab ein Lesezeichen«, sagte Koloman unvermittelt

und nahm den Spaziergang wieder auf, »eine alte französische Spielkarte. Kreuzbube. Eine mystische Karte, soll nichts oder nur wenig Gutes verheißen. Was mich nie geschreckt hat, das meiste, was mir im Leben begegnet ist, hat nichts oder nur wenig Gutes verheißen.«

Wir überstiegen derbe Trümmer Holz, wo ein Ast niedergegangen war. Das Aroma von Rinde, Harz und Tannennadeln.

»Wenn ich Bücher les, les ich Zeile für Zeile mit meiner Spielkarte ab. Erst hat sie die Farbe mit der Druckerschwärze vertauscht. Dann ist sie ganz ausgeblichen, immer schneller hat sie ihren Firnis verloren, schließlich ist sie weiß geworden, grau, gelb. Allerdings haben meine Finger daran einen entscheidenden Anteil.«

Koloman blieb stehen, um Atem zu schöpfen. Ich spürte Feuchtigkeit zwischen meinen Zehen, sie drang durch die ramponierten Sohlen ein.

»Sie franst aus, meine Karte. An allen Rändern. Ich hab sie beschneiden müssen. Mit jedem Hundert Bücher ist sie kleiner geworden. Inzwischen ist sie quadratisch, winzig, vielleicht vier mal vier Zentimeter. Mit jedem Hundert Bücher droht sie zu verschwinden. Jede Zeile nascht an ihrer Substanz.«

Ich hörte wieder ein verdächtiges Knacken in unserer Nähe. Koloman ging ein paar Schritte, sank bei jedem Schritt ein wenig tiefer in den Schnee und blieb abermals stehen.

»Vielleicht ist sie mir nicht unähnlich. Mit jedem Hundert Bücher droh ich, hinter ihnen zu verschwinden.«

Ich nickte und begann, von einem Bein auf das andere zu treten.

»Gemma haam, Waldschrat«, sagte Koloman mit spöttischem Blick auf meine Tanzeinlage.

Durchfroren und ausgesöhnt mit mir selbst kehrte ich zurück ins Tagesdunkel meiner Wohnung, in der ich mich am besten zurechtfand, als ich die Augen schloß und ganz Tastsinn wurde.

28.

Bereits bei meinem letzten Besuch hatte ich begonnen, gedankenverloren im Protokoll von Kolomans letztem Fall zu blättern. Koloman, der sich umgekleidet hatte (es war wieder das braunweiße Hemd) und lautlos ins Zimmer zurückgekehrt war, überraschte mich über dem Heft.

»Magst du's mitnehmen? Ich könnt ein paar Tage darauf verzichten.«

Ich war unentschlossen, äußerte nicht zuletzt Bedenken, Einblick zu nehmen in die Tragik eines fremden Lebens.

»Tät dir vielleicht mal ganz gut.«

Er sehe auch gewisse Ähnlichkeiten zwischen dem Tatzeugen und mir. Nicht nur, weil er ein Deutscher war, wegen einer Frau nach Innsbruck gekommen.

»Wannst es mitnehmen magst, nimm's mit, wenn nicht, dann nicht. Der Fall ist de facto bei den Akten.«

Als wir zu unserem Spaziergang aufbrachen, nahm ich

mir das Protokoll. Die Neugier hatte gesiegt. Koloman schmunzelte beifällig.

Ich duschte lange, um die Kälte und die Feuchtigkeit zu vertreiben, die mir tief unter die Haut gekrochen zu sein schienen. Dann kochte ich mir starken Kaffee, trank den ersten noch im Stehen und begann zu lesen.

V.
Protokoll des Gregor B.

»Corneille«, sage ich.

»Blödsinn!« erwidert die Stimme. Es ist eine heisere, hauchende Stimme, ich weiß nicht, ob männlich oder weiblich.

»Denk noch mal nach, streng dich gefälligst ein bißchen an.«

Ich kann das Gesicht nicht erkennen, dafür ist es zu dunkel. Nur den Lauf der Pistole spüre ich, der jetzt fester gegen meine Stirn gedrückt wird. Irgendwo im Raum entsteht ein leise sirrender Ton, und ich denke: Angesichts der Mündung einer Schußwaffe denkt es sich rascher. Und komplexer.

»Corneille«, sage ich noch einmal, »Corneille, Corneille.«

./.

Bitte, hätten Sie etwas zu trinken für mich? Nein, keinen Kaffee, vielleicht ein Glas Milch. Nur kalte Milch bitte.

Wissen Sie, mir brennt andauernd der Hals. Wenn ich etwas Warmes trinke, fühlt es sich an, als stopfte mir jemand Scherben in den Rachen. Ich weiß nicht, ob das normal ist. Normal nach alldem. Vielleicht ist es auch wegen der Intubation. Ich war nie zuvor in einem Krankenhaus. Mir sind die Folgen von ärztlichen Eingriffen nicht vertraut. Vielleicht fühlt man sich nach jedem Krankenhausaufenthalt ein wenig schwächer. Kranker als zuvor. Wenn das überhaupt möglich ist in meinem Fall.

Entschuldigen Sie.

Also, dann beginne ich noch einmal mit meinen Personalien.

Mein Name ist Gregor B. Ich wohne in S., bin 34 Jahre alt, ledig, Angestellter an der Universität in Innsbruck. Um genauer zu sein: Dozent an der Historischen Fakultät.

./.

Hat das Diktiergerät aufgenommen? Muß ich das jetzt noch einmal wiederholen? Nicht. Gut.

Ich schildere Ihnen also diesen Abend vor sechs Wochen. Oder wenigstens das, woran ich mich erinnern kann.

./.

Es war Samstag. Tagsüber viel zu warm für Ende November. Wir saßen, dreißig Wissenschaftler, in einem überheizten und viel zu kleinen Raum der Universität und warteten, daß das Symposium uns endlich in den Abend entlassen würde. Gegen 21 Uhr beendete der Schlußredner seinen Vortrag. Ich gratulierte ihm, baute das Mikrofonpult ab – es blieb mal wieder an mir hängen, solche Aufgaben bleiben immer an mir hängen – und verließ als einer der letzten das Universitätsgebäude. Ich war in einer eigenartigen Stimmung.

./.

Wie ›eigenartig‹? Ich weiß nicht, ob Sie das Gefühl kennen. Sie sitzen zwei volle Tage eingesperrt in einem Raum mit Menschen, deren einzige Daseinsberechtigung die Frage nach der Authentizität dieses oder jenes Pergaments ist. Die Unterhaltungen drehen sich um wissenschaftliche Halbheiten. Und um universitären Klatsch. Wenn Sie gehen, gehen Sie unbefriedigt. Ich wollte noch nicht nach Hause. Ich lebe in S., einer Kleinstadt, ich wohne dort nur, weil ich in der Nähe meiner Freundin sein wollte. Susanne war für einige Tage verreist, sie wollte mich bei meiner Arbeit an diesem Wochenende nicht stören. Zuhause wartete nichts und niemand auf mich, ich hatte keinen Grund, rasch nach Hause zu gehen. Ich wollte es nicht. Aber ich kenne mich in Innsbruck nicht aus. Ich hätte nicht gewußt, wohin gehen. Die anderen hatten längst den Weg zu ihren Hotels eingeschlagen. Historiker sind ungesellige Menschen. Und ich bin nicht der Typ, der sich an einem Samstagabend allein in eine Kneipe setzt. Schon gar nicht an Samstagabenden.

./.

In Ordnung, ich konzentriere mich auf die Begegnung mit Anna. Entschuldigen Sie.

./.

Ich ging schnell. Die Straße hinauf, an deren Ende ich geparkt hatte. Ich bin es gewohnt, schnell zu gehen, auch wenn ich keinen Grund dazu habe. Es war kühl geworden, die Nacht nach Neumond würde tiefschwarz werden, der Himmel war sternenklar. Aus den Kanaldeckeln dampfte es. Ich passierte gerade das Rathaus, als ich eine Bewegung links von mir wahrnahm. Eine junge Frau, vielleicht Mitte Zwanzig, lief mir, aus einem dunklen Weg kommend, direkt in die Beine. Sie war klein, schmächtig. Sie zog einen dieser Reisetrollies hinter sich her, der quietschte und ratterte. Ich habe zunächst nur dies Geräusch wahrgenommen. Dann war es schon zu spät, um den Zusammenprall noch aufzuhalten. Anna taumelte, vom Schwung meines Körpers erfaßt, seitwärts, es gelang mir, sie an ihrem Mantelkragen zu packen, und sie hielt sich an ihrem Trolley fest. So vermied sie den Fall. Aber sie knickte dabei den Absatz eines Stiefels so unglücklich um, daß sie den ganzen Abend über ihre Schritte durch Drehbewegungen stabilisieren mußte.

Anna sah mich verwirrt an. Sie hatte grüne Augen. Das erste, was ich genau sah, waren ihre stechend grünen Augen. Dann bemerkte ich die Vollkommenheit ihres Gesichts, die mich sprachlos zu machen drohte. Ich ließ sie los und stammelte einige Worte der Entschuldigung. Sie schüttelte den Kopf. Im Gewühl, das zwischen uns gewesen war, hatte sich ihr Haar, das sie zu einem Pferdeschwanz gebunden trug, auf einer Seite gelöst. Strähnen spielten um ihr Ohr. Sie sah sich um, sah an sich herab, entdeckte den gebrochenen Absatz und faßte sich an die Stirn. Sie schien

Kopfschmerzen zu haben. Ich fragte, ob sie in Ordnung sei und entschuldigte mich ein zweites Mal. Sie blickte mich an, mußte den Kopf dafür recken, ich war beinahe dreißig Zentimeter größer als sie. Erst jetzt begann sie mich wirklich wahrzunehmen, so schien mir. Ihre Augen verengten sich, schauten in die Richtung, aus der sie gekommen war, und Anna sagte: »Können Sie mir helfen?«

Als ich nicht sofort reagierte, setzte sie schwach hinzu: »Bitte hilf mir. Hilf mir.«

Ich war überrascht, murmelte: »Sicher«. Eben wollte ich sie fragen, ob sie sich bei unserer Kollision nicht doch etwas getan habe, aber Anna zog mich mit sich, mit langen Schritten, die zu ihrer Größe nicht passen wollten. Dabei drehte sie den untauglich gewordenen Stiefelabsatz immer ein wenig nach innen. Wir verließen die Hauptstraße und bogen nach rechts ab. Annas Trolley klapperte wild über das Altstadtpflaster. Erst jetzt ließ sie meinen Arm los. Sie sah zu mir auf und deutete ein Lächeln an. Als sie ihre Lippen öffnete, sah ich, daß einer der Schneidezähne angebrochen war. Es stand in seltsamem Kontrast zu ihrer makellos wirkenden Schönheit. Und der tadellosen Kleidung, die letztlich auch der Grund war, weshalb ich zu keinem Zeitpunkt etwas argwöhnte.

Eine Stimme in mir hieß mich weiterzugehen. Anna trug Stiefel mit hohen Absätzen, in die sie die Hosenbeine ihrer engen Jeans gesteckt hatte. Wahrscheinlich um ihre schlanke Gestalt zu betonen. Sicher diente es auch dazu, sie größer erscheinen zu lassen. Aber sie blieb klein dabei. Zierlich. Fast wie etwas, das kaum da ist. Und so wie sie die meiste Zeit blickte: tatsächlich auch kaum da war.

Sie sah sich um, wieder und wieder. Um einem überraschenden Angriff von hinten zuvorzukommen, begann auch ich den Kopf zu wenden. »Nein«, sagte sie atemlos, als sie es bemerkte, und faßte mich am Unterarm, »nicht umdrehen, bitte nicht umdrehen!«

./.

Was – was meinen Sie damit? Ich bin kein notorischer Fremdgänger, wenn Sie darauf anspielen. Ich kenne meine Freundin erst seit einem halben Jahr. Wir führen eine gute Beziehung, wir lernen uns erst noch kennen. Ich meine: Wir haben eine gute Beziehung geführt, bis das passiert ist. Ich habe nichts von ihr gehört in all diesen Wochen. Sie hat mich nicht einmal im Krankenhaus besucht. Ich habe mehr als zwei Liter Blut verloren, und sie hat mich nicht einmal im Krankenhaus besucht.

Wissen Sie, ich hatte bisher wenig Glück mit Frauen. Susanne ist die erste, mit der ich länger zusammen bin. Ich bin hierher gezogen, weil ich befürchtete, eine Fernbeziehung werde uns auseinanderbringen. Und jetzt das.

Ich meine, ja, es war ein Abenteuer, das mich lockte. Es mußte ja nicht gleich ein sexuelles sein. Und die Situation war auf ihre Art – sie war stimulierend. Aber doch nicht allein in sexueller Hinsicht. Ich konnte ja nicht ahnen, was daraus würde.

./.

Natürlich habe ich versucht, Anna zu befragen.

»Werden Sie verfolgt? Hat man versucht, Ihnen etwas anzutun?«

»Ja, das heißt: nein, vielleicht«, orakelte sie.

Sie zeigte abrupt auf eine Kneipe, die ich nicht kannte (weil ich keine Kneipe in Innsbruck kenne) und fragte: »Möchten Sie? Komm.«

Es muß gegen neun Uhr gewesen sein.

Anna suchte einen Platz an der Theke, bestellte Wein für uns. Jetzt erst wurde mir bewußt, daß sie wie ich Hochdeutsch mit schwachem hanseatischen Akzent sprach. In Tirol hatte ich ihn bislang nicht oft gehört, hier und da bei universitären Veranstaltungen.

Sie kramte lange in ihrer Handtasche, förderte eine Schachtel Zigaretten zutage und fragte mich nach Streichhölzern.

»Ich rauche nicht«, sagte ich.

Schließlich wurde sie fündig. Ihre Finger zitterten, als sie versuchte, sich die Zigarette anzuzünden. Ich habe noch nie gesehen, daß Finger so zittern können. Ich meine, nicht die Intensität war es, die mich irritiert hat, sondern, wie soll ich sagen, ihre Finger zitterten von oben nach unten und dann von links nach rechts. Verstehen Sie, was ich meine? Sie brauchte unendlich lange, bis die Zigarette brannte, weil sie mit dem Streichholz eine fast elliptische Bahn um sie beschrieb. Dann hielt sie mir die offene Schachtel hin.

»Ich rauche nicht«, wiederholte ich. Sie sah mich an und nickte. Mit der Zigarette im Mund stülpte sie die Unterlippe vor. Sie hatte eine so volle Unterlippe, daß sie sich beim Sprechen nicht zu bewegen schien. Vielleicht war sie ihr im Weg, und sie bildete schon ein Leben lang die Konsonanten um diese steife Lippe herum. Aber vielleicht war sie auch nur von einem Schlag geschwollen.

»Anna«, sagte sie schließlich und streckte die Hand aus. Ich suchte meinen Griff fester zu gestalten als üblich. Bevor ich mich vorstellen konnte, kam der Wein, und wir stießen auf unsere Bekanntschaft an. Anna rauchte hastig, aber sie sah sich nicht mehr um, obwohl sie mit dem Rücken zum Eingang saß (den ich im Blick zu behalten mir versprach).

»Eigentlich Annamaria, aber ich mag den Namen nicht. Meine Mutter hat mich immer Maria genannt. Sie war sehr katholisch. Wir mußten zweimal in der Woche zur Kirche. In jedem Zimmer unserer Wohnung hingen Bilder vom Papst. Und von Pater Pio. Mit zehn Jahren habe ich die Beichtweltmeisterschaften gewonnen. Ich mag den Namen nicht, Gregor.«

Ja, sie sagte ›Gregor‹. Lachte.

Dann zupfte sie an meinem Mantel. In seinen Aufhänger war ein Namensschild genäht: ›Gregor B.‹ Meine Mutter hatte vor unserem letzten gemeinsamen Urlaub Wäschestücke präpariert. Sie hatte den Tick, alles mit dem Namen seines Besitzers versehen zu müssen. Sogar einige unserer Toilette-Artikel hatte sie mit Namenschildern versehen, und erst bei der Zahnbürste hatte ich begonnen, leise, dann immer vehementer Einspruch zu erheben.

Ich wurde rot und trank einen großen Schluck. Es war mir peinlich, meine Kleinbürgerlichkeit nicht verhehlen zu können. Weshalb trug ich auch noch Kleidung, die durch Mutters Hände gegangen war?!

Der Wein sorgte unvermittelt für ein wohliges Gefühl in meinem Magen. Annas Lachen hallte in einem Schmunzeln aus. Zum ersten Mal sah ich ihre Augen nicht umschattet. Ihre Pupillen schienen grünes Licht zu strahlen, ich dachte an Leuchtdioden. Ich nahm noch einen Schluck, spürte, wie die Hitze aus meinen Wangen wich und lehnte mich zurück. In diesem Moment wurde mir bewußt, daß ich mit einer schönen Frau an einem Samstagabend in einer Kneipe saß. Wir hätten ein Pärchen sein können. Ein Fernbeziehungspaar. Ich hatte meine Freundin soeben vom Bahnhof abgeholt und darauf gedrängt, noch einen Wein zu trinken, bevor wir in meine Wohnung gingen und das ganze Wochenende Sex hatten. Ich versuchte, die Gedanken daran zu verscheuchen, wie Sex mit Anna wäre, wie sich ihr kleiner Körper auf, neben oder unter dem meinen ausnehmen würde. Sein Gewicht, seine Proportionen, spielendes Licht und Schatten, das Perlen von Schweißtropfen auf seiner Nacktheit. Ich beobachtete uns durch die Linse einer Kamera.

Nach einer Pause, in der Anna wie abwesend rauchte und ich mit meinem Film beschäftigt war, fragte sie mich, ob sie mir etwas erzählen dürfe. Ich machte eine einladende Handbewegung, hoffte, endlich zu erfahren, wovon oder von wem die Bedrohung für sie ausging.

»Meine Mutter war fast 40, als sie mit mir schwanger

war. Sie hatte mit 20 eine Fehlgeburt, wahrscheinlich war sie selbst daran schuld, und sie hat sich auch selbst die Schuld daran gegeben, daß sie 20 Jahre lang keine Kinder mehr bekommen hat. Sie muß völlig irre gewesen sein, total auf Kinder fixiert. Und auf ihre Schuld. Als sie dann endlich schwanger war, hat sie sich gefühlt wie die Bibelmutter Sarah.«

Anna hatte mit gesenktem Kopf gesprochen und hob ihn nun, um meinem Blick zu begegnen.

»Während der Schwangerschaft ist es keinen Deut besser geworden. Natürlich hatte sie Angst, daß sie auch ihr zweites Kind verlieren könnte. Mein Vater war die Geduld selbst. Er hat sie von einem Arzt zum anderen geschleppt, weil sie immer den Rat von mindestens drei Ärzten einholen wollte. ›Weil der Afrikaner rückständig ist und alles einfach so hinnimmt, auch ein totgeborenes Kind.‹«

Ich hob eine Augenbraue. Anna verstand.

»Ich bin in Afrika geboren worden. Mein Vater war deutscher Botschafter. Aber ich bin kein bißchen afrikanisch mehr. Als Kind schon. Jetzt ist alles weg, alles, alles weg. Aber anyway«, sagte sie und drückte die Zigarette im Aschenbecher aus, um sofort wieder nach der Packung zu greifen, »alles lief prima, keine Komplikationen, ich nehme an, meine Mutter hat sich nur über sich und ihren rachsüchtigen Gott gewundert. Mein Vater war überglücklich. Und erleichtert, er dachte, daß sie durch mich nochmal von vorn beginnen könnten. Er hat bei meiner Geburt einen Baum gepflanzt. Einen Tamarindenbaum. Sagt Ihnen das was?«

Ich verneinte.

»Tamarinden sind wunderschön, knorrig, Laub wie das Fell eines Hundes, der lange im Regen gestanden hat. Sie blühen das ganze Jahr und man kann ihre Früchte essen. Sie helfen gegen Augenkrankheiten. Du würdest sie mögen.«

Annas Leuchtdioden brannten auf Hochtouren. Sie dehnte den nächsten Zug an ihrer Zigarette lange aus.

»Heute hab ich einen Brief von meinem Vater bekommen. Vor zwei Jahren hat er das Grundstück mitsamt meinem Baum verkaufen müssen. Der neue Besitzer hat ihn einfach gefällt.«

Anna pausierte erneut, beim Sprechen wie beim Rauchen. Sie stemmte die Ellbogen auf den Tisch, sah zum Fenster hinaus und kaute an ihrer Unterlippe. Dann sagte sie tonlos:

»Ich weiß, es ist albern. Aber es macht mich sehr traurig. Dieser Baum war mein Haustier. Tiere durfte ich keine haben, meine Mutter war allergisch. Seit ich denken kann, hab ich mit meinem Baum gespielt. Ihn beschützt, gegossen. Hab jedes Frühjahr so stinkendes Zeug gespritzt gegen Schädlinge. Wenn der Regen kam, hab ich ihm ein Cape umgehängt. Wir sind um die Wette gewachsen. Und jetzt ist er weg, einfach weg.«

Anna senkte den Kopf. Ich wußte nicht, was ich sagen sollte. Ich habe keine Erfahrung darin, kleine Mädchen zu trösten, deren Lieblingsbaum gestorben ist. Also sagte ich nichts, nickte und sah nun selbst aus dem Fenster. Annas Spiegelbild gab mir die Gelegenheit, sie ungehindert betrachten zu können. Ihr etwas über schulterlanges Haar hatte die Farbe von mattem Kupfer. Ich dachte, sie sei Halbirin. Die katholische Mutter. Dazu die jadegrünen Augen. Und ihr eigenartiges Wechseln zwischen Sie und Du, wenn sie mich ansprach.

Ich hörte Annas Stimme, die abwesend klang: »Hast du gesehen? Wie der Tisch glänzt? Wie lange sie ihn wohl poliert haben, daß er so glänzt?«

Ich schreckte auf, als Anna mit beiden Händen ungestüm auf die Tischplatte klatschte und erregt ausrief: »Laß uns was essen gehen, ja?!«

Sie hatte mich überrumpelt. Ich war einverstanden, und wir machten uns auf den Weg durch die sich immer mehr belebenden Gassen der Altstadt.

./.

Bitte, kann ich eine Zigarette haben?

Danke.

Wissen Sie, beim Rauchen kann ich das Gefühl im Hals betäuben. Es ist, als steckte mir etwas im Rachen. Wenn er nicht schmerzt, ist es, als müßte ich unablässig einen Brocken schlucken, den ich nicht hinunterbekomme. Ich kann nicht gut schlucken. Ich habe schon Probleme mit Tabletten. Ich zerbrösele sie für gewöhnlich und rühre sie mir ins Wasser ein. Bei großen Bissen habe ich Angst, ich könnte ersticken. Deshalb esse ich auch kein Hühnerfleisch mehr.

./.

Wieso fragen Sie mich das jetzt? Habe ich gesagt, ich sei Nichtraucher? Entschuldigung, nein, ich hatte Anna gegenüber nur erwähnt, daß ich nicht rauchte. Ich hatte mir damals vorgenommen, weniger zu rauchen. Ein paar Tage lang nicht zu rauchen. Jetzt rauche ich wieder sehr viel. Um das Gefühl im Hals zu betäuben.

Ich dachte, ich sollte das aufklären.

In Ordnung, ich versuche mich zu konzentrieren.

./.

Anna schlug vor, Afrikanisch zu essen, sie kannte ein Restaurant, in dem die Küche lange geöffnet hatte. Es ging auf zehn Uhr.

Sie schien sich zu entspannen, las mir die Speisekarte vor und gab Erläuterungen zu allen Gerichten. Das Spiel gefiel mir, ich suchte es hinauszuzögern, indem ich so tat, als könnte ich mich nicht entscheiden. Anna schüttelte lächelnd den Kopf, schloß die Augen und zeigte mit ihrem Finger abrupt auf einen Punkt auf der Karte.

»Das müssen Sie jetzt essen.«

Es war Hackfleisch mit Okra. Ich war beruhigt. Ich hatte mich schon auf Hühnchen, auf einen Erstickungsanfall eingerichtet.

Wir bestellten bei einem Kellner, der eine tiefe fleischfarbene Narbe über der rechten Wange hatte. Sie kontrastierte scharf mit seiner dunklen Haut. Anna sah ihn nicht an, lehnte sich zurück und schien das Rauchen gänzlich vergessen zu haben. Um die Gesprächspause zu überbrücken, fragte ich sie, ob sie meinen Namen nicht möge oder mich nicht gern duze. Sie betrachtete mich, vielleicht sah sie auch durch mich hindurch, während ihr Haar leise vibrierte. Jetzt ging auch von ihm ein Leuchten aus. Dann streifte sie, während sie ihren Blick schweifen ließ, die Ärmel ihrer Seidenbluse hoch. Ich entdeckte die Schnitte, überall an ihren Unterarmen. Sie sahen nicht aus, als hätte man sie ihr mit einem scharfen Messer beigebracht, eher mit einem stumpfen Gegenstand. Ich versuchte sie darauf anzusprechen, aber sie hatte meinen Blicken entnommen, worauf ich abzielte, und wehrte ab, mit scheuer, leiser Stimme, der Stimme, die vierzehnjährige Mädchen haben, wenn man sich ihnen zu rasch nähert.

»Nein, nicht, Gregor, bitte.«

Unwillkürlich griff ich nach ihrer Hand und hielt sie fest.

»In Ordnung«, sagte ich, »es ist für alles gesorgt.«

VI.
Der Holetschek kommt ins Spiel

29.

Ich fand Koloman über eine alte Posaune gebeugt, die er hingebungsvoll reinigte. Im Wien der Fünfziger Jahre sei er ein leidlich guter Jazzposaunist gewesen, aber seit er als Kriminaler nach Innsbruck versetzt worden sei, habe er die ›gute Trute‹ nicht mehr angepackt, also höchste Zeit, das Wasser steige. Ich glaubte, mich verhört zu haben, fragte nicht noch einmal nach, stattdessen verabredeten wir uns zu einem baldigen Jam. Ich lud einen Schlagzeuger und einen Kontrabassisten, die in meinen Musicals gespielt hatten, dazu ein. Koloman grantelte, er traf beim ersten Mal fast keinen Ton, behauptete indes, einfach nur ›out‹ zu spielen, solange, bis erst Tadzio heulte und dann der Bassist, den zu überzeugen, der Posaune noch eine zweite Chance zu geben, mich einige Mühe kostete. Doch Koloman nutzte sie.

Neben Jazzstandards und ziemlich lärmigem Indie-Jazz spielten wir Beatles-Songs, *Eleanor Rigby* synkopiert, ich hatte den Eindruck, etwas von meinem schlechten Karma an dem Song abzuarbeiten, und die Posaune wurde unser Cello. Nach wenigen Wochen waren wir so gut, daß wir ein Konzert planten. Paintner vertröstete ich wegen Dauerkopfschmerzen mit der neuen Produktion auf kommenden Sommer. Er begann an mir zu zweifeln, doch er hatte keine Alternative.

»Aber Hauptsach', dir geht's dann wieder gut, Kchrischtian, undsoweiter undsoweiter«, hörte ich seine überlaute Stimme am Telefon sagen. Er entließ Rauch aus den Tiefen seiner Lunge. Dann deklamierte er:

»Das Ärgste, sang der
Wiedehopf,
ist, daß mir heute juckt
der Kopf.
Fürwahr, sprach da der
Kakadu,
er nimmt auch stark an
Umfang zu.«

Paintners Lachen hallte metallisch in der Leitung nach.

30.

Am Tag vor meinem 41. Geburtstag überraschte mich der Grantler mit einem Besuch zu früher Morgenstunde. Ich war gerade aufgestanden und hatte Kaffee gekocht, den ich jetzt nicht trinken würde. Ich beschloß, heute nicht noch einmal ins Bett zu gehen. Ich wartete. Es war der erste Mittwoch im Monat. Vor genau einem Jahr hatte es begonnen.

Zum ersten Mal sah Koloman die Bilder von Ines und mir. Sah den Pandabären. Sah die Muscheln. Er zog die Mundwinkel nach unten, streckte die Unterlippe hervor, ich beobachtete eine Ader an seiner Stirn, die zu bedrohlicher Form und Größe anschwoll.

»Die Liebe ist ein Metzgerskind. Mit Blindheit warst du geschlagen. Nun sei auch mit Blödheit verarztet«, zitierte er auf Hochdeutsch, ich wußte nicht, wen oder was. Ich trat mit dem Kaffee auf ihn zu, machte eine erklärende Bewegung, die er aber mit einem tiefen Schnauben wegwischte. Koloman begann zu granteln.

»Was starrst die denn ständig an? Wenn die Weiber weg sind, sind sie weg. Bist deppert? Willst eh weiter an ihrem Rockzipfel hangen?«

Ich begann, den für Koloman bestimmten Kaffee zu trinken. Ich sagte: »Das verstehst du nicht.« Dann: »Das ist ganz anders.«

»Freilich«, sagte er, nahm mir die Tasse aus der Hand, schüttete die Hälfte der Flüssigkeit in die Untertasse und gab mir die Tasse wieder zurück. Dann setzte er sich und trank. Erst jetzt fiel mir auf, daß Tadzio nicht bei ihm war. Koloman ging sonst nie ohne seinen Hund aus.

»Freilich versteh ich's. Was glaubst, weshalb ich die Bilder von den Wänden genommen hab, keinen Tag, nachdem die Frau weg war.«

Er trank.

»Jeden Tag hätt ich sie angeschaut, hätt sie angeschaut, bis ich alle Farben rausgesaugt hätt mit meinem Schauen. Es hätt mir die Rückkehr in die Wohnung kräftig versaut, jeden Abend wieder.«

»Und trotzdem hast du nie neu gestrichen«, sagte ich, öffnete die Balkontür, mit einer Hand balancierte ich die halbvolle Kaffeetasse dabei aus, und steckte mir eine Zigarette an. Ich hustete, während ich auf der Türschwelle stand und den Qualm mal nach drinnen, mal nach draußen blies. Es war noch zu früh zum Rauchen, die kalte Morgenluft bereitete mir Halsschmerzen.

Koloman schwieg lange. Dann sagte er sehr leise: »Wie lange willst eigentlich noch dein ›Als-Ob-nicht‹ leben? Als ob es keine Berge, als ob es keine Tiere, als ob es keine Menschen, als ob es keine Welt mehr da draußen gäb?«

Ich sah nicht hin zu ihm, suchte mich auf die Schneekronen der Gipfel zu konzentrieren, die sich heute besonders scharf abzeichneten. Dann hörte ich ein Geräusch, Koloman ließ seine Finger nacheinander durchknacken. Nur wenige Sekunden später klingelte es an der Tür.

Koloman fuhr sofort auf, er legte den Finger an den Mund und bedeutete mir, ich solle die Zigarette ausmachen. Ich starrte ihn an. Es hätte wenig gefehlt und ich hätte damit gerechnet, daß er hinter die Eingangstür träte und seine alte Dienstwaffe zöge (die er, wie Maigret, behauptete, nie benutzt zu haben). Es klingelte zum zweiten Mal. Im Moment, als ich mir bewußt wurde, dieses dreizehnte Einschreiben diesmal vielleicht verpassen zu können (ich weiß nicht, ob es bei mir mehr ein Gefühl der Furcht oder eines der klammheimlichen Freude auslöste), sah ich Koloman in den Flur schreiten. Ich folgte ihm rasch, die Zigarette, die bis auf den Filter abgebrannt war, noch in der Hand. Der Postmann führte seine Finger an den Hut, sah irritiert auf Koloman, der die ganze Höhe und Breite des Türrahmens einnahm und den ich nun beiseite schob. Ich nahm das tragbare Terminal entgegen, versuchte, meinen noch immer glimmenden Zigarettenstummel an Koloman loszuwerden, der indes damit beschäftigt war, sich umständlich eine Brille aufzusetzen. Wie ein Notar sah er mir über die Schulter, verfolgte, überwachte jede meiner Bewegungen, die ohne mein Zutun plötzlich bedeutungsschwer wurden. Sogar als ich die Kippe in Nachbars Blumenkübel versenkte.

Als der Postmann mir das Einschreiben aushändigte, ließ Koloman einen schnalzenden Zungenlaut hören und streckte seine rechte Hand vor. Ich zwängte mich an ihm vorbei in die Wohnung, sah noch, wie er den Brief von allen Seiten musterte, er schien sich zu überzeugen von seinem ordnungsgemäßen Zustand, und hörte, während ich in der Küche nach dem Wacholder und einem dritten Schnapsglas suchte, seinen Baß ertönen: »Steinbichler, Koloman, Chefinspektor. Nur ziemlich außer Dienst.« Ich fand kein drittes Glas. Von der Tür her vernahm ich ein Räuspern. Wahrscheinlich gehörte es zum Postmann.

Die gefüllten Gläser überließ ich den beiden. (Seitdem habe ich gänzlich aufgehört, einen Schnaps mitzutrinken.)

Wieder allein mit Koloman, stieg leiser Ärger in mir auf. Ich wollte, ich konnte ihm sein naseweises Spiel nicht unkommentiert durchgehen lassen. Ich fragte: »Und nun? Was hat deine Spürnase eben Neues herausgefunden?«

»Daß dein Postler nach Katzenstreu stinkt, daß sogar ich es riech. Das ist dir nie aufgefallen?«

»Nein.«

»Und die Briefe? Haben die nach Katzenstreu gerochen?«

»Nein.«

»Siehst du.«

»Nein, neinneinnein!«

»Egal, wir müssen eh los. Zieh den Mantel an, es ist schweinekalt draußen.«

Koloman hatte mich verwirrt, ich vergaß zu fragen, wohin wir gingen. Unterdessen öffnete er den Brief, befand den Inhalt für bekannt und scherte sich nicht weiter darum. Sein Auto hatte er widerrechtlich in der Hauseinfahrt geparkt. Ich war froh, daß wenigstens der Motor nicht lief. Koloman sah meinen Blick, mißverstand ihn und erklärte: »Wir fahren zu einem Stammtischtreffen. Ehemalige Kollegen.«

Für einen Stammtisch schien es mir reichlich früh am Tag. Und für die angegebene Adresse, eine kurze Strecke, unsinnig, das Auto zu benutzen. Koloman bestand darauf. Was bedeutete, fünf Minuten den Motor warmlaufen zu lassen, während wir uns in der Zwischenzeit vor dem Wagen dick behandschuht die Oberkörper abklopften (natürlich nicht gegenseitig), Koloman mit zunehmend vereisendem, dichtem grünen Schal vor dem Mund und roter Strickmütze auf dem flachen Hinterkopf; ein Ärgernis ersten Ranges. Nicht Schal und Mütze, die rußende Maschine. Ich erinnerte mich an die Worte der Nachbarin und sagte: »Findest du nicht, daß das eine ziemliche Ferkelei ist, den Motor laufen zu lassen?«

»No wieso? Es ist schweinekalt, oder nicht?«

Ich hob erwartungsvoll die Hände.

»Und auf der kurzen Strecke wird der Wagen ja gar nicht warm. Nicht mal, wenn wir im Stau stehen.«

Koloman kratzte sich mit seinem Autoschlüssel an einer roten Hauterhebung im Nacken und setzte hinzu: »Und ich hab keine Lust, mir den Oarsch abzufrieren.«

»Ja, verstehe«, sagte ich.

Wieder entstand eine kleine Pause, währenddessen wir wie die Wilden weiter um uns schlugen.

»Wenn wir zu Fuß gegangen wären, wären wir jetzt da«, entfuhr es mir.

»Ja eh«, sagte Koloman und grinste, »aber dann hätten wir uns ganz sicher den Oarsch abgefroren.«

Er öffnete den Wagenschlag. In seiner winzigen Karosse, in die er sich regelrecht hineinfalten mußte, fanden sich abgebissene Fingernägel auf Beifahrersitz und Fußmatte, einzelne klebten sogar unterm Dachhimmel wie abnehmende Monde. Koloman war ein hochgradig nervöser Fahrer. Er hatte die Fahrweise von jemandem, der stets allein unterwegs ist: bald kantige, bald ruckartige Lenkbewegungen, ungebremst nahm er Kurven, als ginge ihn die Fliehkraft nichts an. Er schob es aufs Auto, eines dieser fahrenden Eier, grantelte er, bei denen man nur anhand der Farbe der Scheinwerfer unterscheiden könne, wo vorn war und wo hinten.

Der Stammtisch tagte am Rand der Altstadt, im Nebenzimmer eines kroatischen Speiselokals, das seine besten Tage gesehen hatte. Der Wirt, ein vielleicht fünfzigjähriger Schnauzbartträger, den man gönnerhaft bei seinem Vornamen rief, wies uns nach nebenan, wo unter Bildern von Tito und Tudjman die Herrenrunde saß, die gut besucht war, wir fanden keinen unbesetzten Platz.

»A richtiger Zigeuner kann auch a gute Musik machen«, hörte ich einen bei unserem Eintritt schwadronieren.

»Ja, wenn er a guter Zigeuner ist, schon«, antwortete sein Nebenmann.

Der Raum war verraucht, einige Männer spielten Karten, schlugen mit den Knöcheln ihre Asse auf den Tisch.

Koloman hatte mir während der Fahrt erzählt, daß er die Treffen bisher vermieden hatte, um nicht immer über die alten Zeiten reden zu müssen. Veteranentoben. Der Austausch von schmutzigen Witzen und Kriminalfabeln. Aber heute sei es etwas anderes. Schließlich seien wir meinetwegen da.

Die ehemaligen Kollegen begrüßten sich lange, Koloman bemühte sich um meine Vorstellung, aber man ignorierte mich weitgehend, vielleicht weil ich den angebotenen Sliwowitz ausschlug. Dann schnitt Koloman das aufgeregte Schwatzen ab, er erhob sich mit demonstrativem Räuspern zu voller Körpergröße, schlug mit seinem leeren Schwenker gegen das Stammtischemblem (zwei gekreuzte blecherne Oberschenkelknochen), und sagte: »Gentlemen, könntets bittschön mal die Pappen halten, wir haben hier nämlich einen äußerst interessanten Fall.«

Daraufhin erzählte er meine Geschichte. Er erzählte sie geübt, besser, als ich es gekonnt hätte. Er konzentrierte sich auf Fakten und Indizien (die keine waren), er faßte zusammen, präjudizierte Einwände und widerlegte sie sogleich. Als er geendet hatte, hustete Koloman zweimal trocken, dann setzte er sich und fragte: »So, wie würdets ihr vorgehen?«

Die Herren saßen still und sahen mich mit einer Mischung aus Interesse und Mitleid an (Mitleid, weil der Fall bei weitem nicht so aufregend war, daß er ihr nachhaltiges Interesse geweckt hätte). Einer nach dem anderen brach nun sein Schweigen, man sprach durcheinander, schlug vor, was wir längst schon versucht hatten, man zog ähnliche Fälle heran, damals, in Hötting 1971, ihr erinnerts euch?, man orderte lauthals eine zweite Runde Sliwowitz, ich lehnte abermals ab, man riet, jetzt einmal »gescheit investigativ vorzugehen«. Schließlich erklärte ein dicker, stark nach Zwiebeln und Schnaps riechender Kotelettenträger direkt neben mir, ohne Informanten laufe da heute überhaupt nichts, wir müßten uns einen V-Mann suchen, gerade bei der Post komme man ohne Informanten doch überhaupt nicht, da gehe doch schon lange nichts, die Postler seien doch so sture Säcke, immer nach Vorschrift, immer mit Vorsicht. Er stürzte seinen Schnaps, rief Goran herbei, die Tür zum Schankraum öffnete sich einen Spalt, genug, um den Geruch von gebratenen Innereien und die Stimme von Bata Illic hereinzulassen, und bestellte mit brackigem Lächeln ein weiteres Herrengedeck. Dann verfiel er in seinen herben Wiener Vorstadtakzent: »Zur Post fällt mir noch ein: Ich hab einem Bekannten monatelang Briefe geschrieben, alle sinds zurückgekommen mit dem Vermerk ›Unbekannt verzogen‹. Jetzt treff ich seine Schwester, die mir sagt, der Wastl is eh seit zwei Jahren tot. Halt unbekannt verzogen. Das geht sich aus. Da ist unserer Post mal ein Spagat hin zu den letzten Dingen gelungen!«

Mit Ausnahme von Koloman stimmte der ganze Tisch

ein in alkoholseliges Gelächter. Damit war die Akte Julio C. Rampf geschlossen, und das Schwatzen hob wieder an. Ich begann, Lackinselchen von dem ehemals graulackierten Tisch zu entfernen, indem ich die losen Enden mit meinen Fingernägeln anhob, bis sie splitterten. Hin und wieder kullerte ein Schnapsglas in meine Richtung.

Erst jetzt bemerkte ich eine kleine Polizistenpuppe, die unweit vor mir auf dem Tisch stand. Ich nahm sie in die Hand.

»Drück mal«, sagte mein grinsender Nachbar, ein Mann, der aussah, als würde er eine Maske aus Rindfleisch tragen. Der kleine Polizist ließ, statt dem erwarteten Tatütata (*Somewhere over the Rainbow*) ein leises Quietschen hören, das alle aufmerken ließ und ungemeine Heiterkeit hervorrief. Ich wurde aufgefordert, die nächste Runde Sliwowitz zu bezahlen. Wenn der Schupo pfeife, sei das Usus.

Koloman sprach unterdessen vertraulich mit einem außenplazierten Rothaarigen, den alle nur ›Brille‹ nannten, obwohl er keine trug. Er fing meinen Blick auf, streckte den Daumen der rechten Hand in die Höhe. Ich fragte mich, wie lange die positiven Nachrichten, die er anzudeuten schien, noch auf sich warten lassen würden.

Dann sagte er plötzlich, daß es Zeit sei zu gehen. Ich atmete erleichtert auf. Draußen lag frischer Schnee.

31.

»No, das lief gründlich schief«, leitete Koloman seinen Monolog auf der Rückfahrt ein, »der Holetschek war nicht da. Ohne den Holetschek war die ganze Zusammenkunft ein rechter Schmarrn.«

Das Fehlen des Holetschek machte also unseren Mißerfolg aus. Ich zog eine Zigarette aus meiner Jackentasche und deutete gestisch an, daß ich gern rauchen würde.

»Doch nicht auf der kurzen Strecke!«

Seufzend steckte ich die Zigarette hinters Ohr. Koloman hielt mit dem Auto wieder in der Einfahrt. Er schaltete den Motor nicht aus, ich sah, daß er trotz voll aufgedrehtem Heizungsgebläse fror.

»Ich muß den Tadzio holen. Impfungstermin beim Tierarzt. Wartet sicher schon. Kann sein, daß ich ihn bald weggeben muß.«

Koloman sprach seine Sätze zur Seitenscheibe hin. Sie beschlug sofort. Noch bevor ich etwas erwidern konnte, begann er wieder: »Der Holetschek hat was rausgefunden. Das mit dem Investigativen, das war eh klar. Und der Holetschek schuldet mir noch einen Gefallen. Außerdem hat er gute Kontakte zur Post, es fällt also nicht weiter auf, wenn er mal zwei Tage vor den Schaltern der Hauptpost rumspaziert.«

Von außen fielen dicke Schneeflocken auf die Frontscheibe. Koloman stellte die Intervallschaltung des Scheibenwischers an.

»Ich hab mir den Turnus deiner Landeshauptstädte angeschaut. Jänner: Graz, dann Wien, Klagenfurt. Vor vier Monaten waren wir mit Salzburg durch, dann hat's von vorn begonnen. Da kannst dir leicht ausrechnen, wann Innsbruck wieder drankommt. Serientäter schaffen mit

Symbolen und wiederkehrenden Ritualen, die halten da dran fest. Aber sicher konnt ich mir erst sein, als ich heut den Poststempel gesehen hab.«

Die Wischblätter schmierten mit leisem Klagelaut über das Glas.

»Der Turnus stimmt, so clever sind die nicht. Jetzt ist die Falle zugeschnappt.«

Ich fragte mich, weshalb er noch immer von mehreren Tätern ausging. Aber vielleicht war das auch nur Sprachusus.

»Und jetzt brauchen wir halt den Holetschek, der war für uns am Posten. Nur ausgerechnet heut ist der Vollkoffer nicht beim Stammtisch.«

Koloman holte tief Luft. Er schien noch immer zu frieren.

»No, aber grad sagt mir einer, auf d'Nacht ist er immer in einem Beisel, unten am Inn. Ich hol dich viertel elf. Zieh das kleine Schwarze an.«

Zum Zeichen dafür, daß er starten wollte, zog Koloman den Hebel der Wischwaschanlage, ein Rinnsal Wasser traf auf die Scheibe, erstarrte sogleich zu Eis, die Pumpe lief auf Hochtouren, aber es kam nichts mehr hinterher.

»Ach, geh scheißen«, grantelte er und legte lautstark den ersten Gang ein.

32.

Sturmklingeln gegen 22.30 Uhr. Die Nacht war sternenklar und so kalt, daß ich Tadzio, der mich schon durch die geschlossene Fensterscheibe vom Beifahrersitz aus frenetisch begrüßte, im Wagen fest an mich drückte. Aus dem Autoradio ertönten Jazzklänge. Ich erkannte Miles Davis' Titelsequenz aus *Fahrstuhl zum Schafott*. Wir sprachen kein Wort auf der Fahrt, Koloman hustete hin und wieder röchelnd und schluckte zähen Schleim. Als wir keinen Parkplatz fanden, ließen wir das Auto nur fünf oder sechs Straßen hinter unserem Haus stehen und gingen zu Fuß weiter. Die Reflektoren an Tadzios Halsband spiegelten das Licht der Straßenlaternen. In regelmäßigem Rhythmus blitzte an dem Rüden ein kleiner weißer Punkt auf und erlosch wieder. Von der Leuchtreklame der ›Pietät Simerl‹ war mehr als die Hälfte der Neonbuchstaben ausgefallen. › I T S ME ‹ stand da in hellem Orange.

Das Gehen bereitete Koloman sichtlich Schwierigkeiten. Mir wurde mit einem Mal bewußt, daß unsere Spaziergänge zuletzt immer kürzer geworden waren.

»Laß mich reden«, sagte Koloman, als wir die Kneipe betraten, aus der deutsche Schlagermusik der Fünfziger Jahre dröhnte. Da ich ohnehin nicht wußte, was ich hätte reden sollen, war die Direktive unnötig.

Der Holetschek, ein ungefähr 60jähriger, drahtig wirkender Typ, der keine Haare hatte, keine Wimpern, auch keine Augenbrauen, ›original Dreiviertelgesicht‹, nannte es Koloman, lehnte am Tresen, schmauchte eine billig riechende Zigarre und unterhielt sich angeregt mit zwei Flanellhemdenträgern, die er vorzustellen sich beeilte. Der eine, Este, hieß Sinpaalu oder Sinpaluu, nicht aber Siinpalu. Braungebrannt, wie er war, sah er aus wie ein Nebenerwerbsziegenhirt. Bis zu seinem Abschied sprach er kein Wort. Er beschäftige sich primär mit seinem, Holetscheks, Auto, sagte der nickend, und von Zylinderkopfdichtungen verstehe er jede Menge. Der andere war aus Lettland, seine unzähligen Namen – angesprochen nannte er, so schien mir, jedesmal andere – endeten auf -vs oder -ns. Er lachte viel und war auch sonst ganz das Gegenbild zum schweigsamen Binnenfinnen, nur verstand er kein Wort Deutsch, und so schleppte sich die Verständigung zwischen uns in gebrochenem Englisch dahin. Das Gespräch drehte sich ohnehin meist um Motorteile.

Ich besah mir den Laden genauer, erinnerte mich daran, daß es Paintners Stammkneipe war und konnte mir nur schwer vorstellen, wie er Abend für Abend mit *So schön, schön war die Zeit* seinem Bierdurst frönte. Dunkles Holz, rauchgeschwängerte Gardinen an den Fenstern, die Rolläden geschlossen. An den Wänden hingen, inmitten von Plastiktannenzweigen, nagelneue Blechwerbeschilder, die auf alt getrimmt waren, dazwischen eine braun-weiße ›Route 66‹-Tafel mit Einschußlöchern. Immerhin erhöhten die die Wahrscheinlichkeit, daß sie von originalem Ort gestohlen worden war. Es roch nach Zigarettenrauch, Blumenkohl und Schweiß. Längst war so viel Testosteron im Raum, daß den Wänden Bärte wuchsen. Ich schätzte, daß nicht öfter als zweimal im Jahr eine Frau den Laden betrat, eine Taxifahrerin vermutlich. Dann würde oberhalb der Bierlachen auf den kreisrunden Tischen ein Johlen anschwellen, als ob ein junges Mädchen über den Hof eines Männergefängnisses spazierte, es hielte sich einen Moment wie das Klappern von Metallgegenständen an den Fenstergittern, dann würde es wieder unter den Klängen verstaubter, auf wundersame Weise der Leichenstarre entrissener Melodien erlöschen.

Nach einer Stunde war Tadzio, der unter meinen Beinen Platz genommen hatte, eingeschlafen. Er schnappte ein paarmal im Traum und bewegte die Läufe. Er jagte – ja, was jagen Cockerspaniel eigentlich? Katzen, Kaninchen, Kakerlaken, Kleinkalibergewehrschützen?

Ich bekam allmählich den Verdacht, daß das ganze Baltikum aus Zylinderkopfdichtungsspezialisten bestand. Kein Wunder, daß mit der Perestroika auch der Aufschwung kommen mußte, wenn ganze Völker etwas von Zylinderkopfdichtungen verstehen. Noch dazu Völker, an deren Existenz ich früher lauthals gezweifelt hatte. Esten waren Finnen, die nicht Eishockey spielten, ihre Hauptstadt eine Zigarettenmarke, und manchmal sanken ganze Schiffe, die den Namen des Heimatlandes trugen, auf der See, die den Namen der ganzen Region trägt, und nahmen Mann und Maus mit sich. Als ich dies erwähnte, verbot sich der Holetschek allerdings, mit seinem Besuch auf Schiffskatastrophen zu sprechen zu kommen. (Sprechen? Wie sollten wir auch miteinander sprechen?)

Aus purer Langeweile ging ich auf die Toilette: intensiver Pfirsichgeruch bei hart klebenden Scheißeresten. Meine plötzliche Befürchtung, ich könnte die verschlossene Tür nicht wieder aufbekommen, wurde nicht bestätigt.

Mittlerweile hatten die Balten die Kneipe verlassen, und die Musik war in der Abteilung für angewandte Idiotie angelangt. An einigen Tischen sang man mit: *Jo, is denn des woahr, hat der Frosch denn am Kopf gor koane Hoar / Jo, is denn des gwiß, daß der Frosch am Kopf gaunz nackert is.*

Koloman begann, dem Holetschek nervöse Blicke zuzuwerfen. »Geduld«, sagte der, »Geduld überwindet Schweinsbraten«, aber offensichtlich war er nun doch bereit, meine Angelegenheit zu erörtern. Erst jetzt bemerkte ich, daß er, wenn er einmal nicht sprach, was selten vorkam, immer ein Stück Zunge zwischen den Zähnen aufscheinen ließ. Es gab ihm ein verschmitztes Aussehen. Seine Hände hatten unzählige Altersflecken, waren knotig, es schien, als wären sie mit zusätzlichen Knochen ausgestattet, die hier und da aus dem Fleisch ragten.

»Also«, begann er. Dann schneuzte er sich ostentativ die Nase, fuchtelte mit seinem Schnupftuch durch die Luft, wobei ein kleiner Faden zwischen seinem Gesicht und seiner rechten Hand silbern im Rauch schimmerte. Er sagte noch einmal gedehnt: »Also.«

»Also was?« fragte der Grantler, »jetzt red schon.«

»Es ist eine Person.«

»Das gfreut mi aber«, sagte Koloman und blickte zu mir, »eine *Person* – Eckermann, notieren Sie!«

Noch bevor ich etwas erwidern konnte, setzte Koloman nach: »Und? Mann oder Frau?«

»Ha«, platzte der Holetschek heraus, »das wenn ich wüßt.«

Koloman sah erst ihn, dann mich und schließlich Tadzio verständnislos an. Der Hund ließ ein sattes Schnarchen hören.

»Schau, es ist nicht so, daß ich nichts gesehen hätt, aber das, was ich gesehen hab, war nicht so, daß ich jetzt viel sagen könnt, verstehst?«

Koloman brachte ein zwischen den Zähnen gegrummeltes »Nein« hervor, auf seiner Stirn trat die Grantelader zutage.

»Also, da sitz ich, zwei volle Tag lang, und lös Sudoku. Das hält das Hirn frisch, sagt mein Schwager. Mein Schwager ist Schalterbeamter, er gibt seinen Kollegen Bescheid, sie sollen mir Zeichen machen, wenn ein Einschreiben ohne Absender aufkommt. Und nichts passiert. Am ersten Tag nicht, am zweiten auch nicht. Ich hab mein Sudoku-Buch schon durch und les die zwanzig Minuten vor Schalterschluß Postwerbung, da merk ich, wie einer am hintersten Platz herwinkt. Ich schau hin und seh was raushuschen aus dem Postamt. Mittelgroß, mittelkräftig, Sonnenbrille, langer grauer Mantel, eher Mann als Frau, sag ich.«

Während seiner Rede bewegte der Holetschek unablässig den Kopf zu einem ›Ja‹, immer bestätigend, was er sagte. Die lebende Affirmation. Dann schnippelte er sich eine neue Zigarre zurecht, die er umständlich anrauchte.

»Ich natürlich hinterher. Draußen stockfinster, da siehst ja nach fünf Uhr die Hand vor Augen nicht. Außerdem war's glatt. Und bis ich um die Ecke vor der Hauptpost bin, ist so ein Gewimmel, daß ich ihn verloren hab.«

»Ihn? Oder sie?« fragte Koloman mit mühsam unterdrückter Wut.

»Ja eben. Als ich wieder in die Post bin und den Schalterbeamten verhören will, stehen da Stücker zwanzig Leut

Schlange. Und bis ich dran bin, will er schließen und sagt, er wüßt jetzt auch nicht mehr, da sind heut so viel Gesichter gewesen. Festlegen möcht er sich schon gar nicht, aber wenn ich durchaus was hören wollt, dann war's eher eine Frau als ein Mann.«

Die Zigarre war ausgegangen, der Holetschek suchte seine Taschen nach Zündhölzern ab. Unter mir schüttelte sich Tadzio gähnend. Koloman legte einen Zwanzig-Euro-Schein auf den Tresen und griff nach der Hundeleine. *Im Leben geht alles vorüber* spielte die Musicbox.

»No leiwand, Holetschek«, sagte Koloman, wieder überraschend ruhig, »früher hat man Boten, die so eine Nachricht bringen, an den nächsten Baum gehängt.«

Der Holetschek lachte laut auf.

»Ja, aber an einen recht schönen«, polterte er. Er ließ ein Stück Zunge zwischen seinen Zähnen sehen. Dann blies er lustige kleine Rauchwolken vor sich in die Luft.

33.

Die Straßen waren wie glasiert, sie forderten Kolomans ganze Aufmerksamkeit. Ich war weniger enttäuscht als er, so schien mir. Ich hatte schon vor Wochen begonnen, meine Einschreiben pragmatischer zu behandeln. So schrieb ich inzwischen auf die leeren Blätter und die Umschläge statt in mein ›Nächtebuch‹, nur um das Weiß, dies herausfordernde Weiß, endlich mit Buchstaben, mit Zeilen, mit Leben zu füllen. Manchmal schrieb ich auch an den Absender zurück. So, wie ich ihn mir vorzustellen begann. Es waren keine vorwurfsvollen, keine anklagenden, keine bitteren Briefe. Ich stellte auch keine Fragen. Ich erzählte nur in einfachen Worten von meinem Leben.

Ich sah Koloman an, daß der Holetschek und die ganze Aktion seine Berufsehre verletzt hatten. Obwohl es schon spät war, bat ich ihn noch auf einen Kaffee zu mir. Er nahm an.

Um etwas für ihn Aufmunterndes zu sagen, schlug ich vor, selbst nicht ganz überzeugt von meiner Idee, das ganze einfach noch einmal zu versuchen. In neun Monaten. Koloman winkte ab.

»Das Wasser steigt«, orakelte er, »die Zeit haben wir nicht.«

Ich wußte nicht, was ich darauf erwidern sollte, und scharrte an meiner rechten Hand. Ich wartete darauf, daß der Kaffee endlich durchgelaufen war.

Plötzlich richtete Koloman sich vom Stuhl auf und fragte: »Was liest denn eigentlich, wannst die Briefe öffnest?«

Ich hielt inne im Kratzen und starrte ihn entgeistert an, bat ihn schließlich, seine Frage zu wiederholen.

»Was du liest, wenn du die Briefe öffnest.«

»Laß mich genau überlegen. Da steht mein Name, da steht meine Adresse, und dann ein Poststempel. An den Rest kann ich mich nur schwer erinnern.«

Koloman lehnte sich wieder gegen die Stuhllehne zurück. Er sammelte seine Gedanken ein wie in Eile ausgezogene Kleidungsstücke.

»Kein Bedrohungsszenario. Gegen Name, Adresse und Poststempel ist kaum was zu sagen. Die Kollegen haben dich weggeschickt.«

Ich nickte, schwieg, sah ihn noch immer mit großen Augen an.

»Schau, ich hab meine Bücher mal wieder inventarisieren müssen, weil – wurscht. Ich sitz also über der Inventur, da fällt mir Freud in die Finger. Freud, der Freund freudloser Herzerln, von dem wir wissen, daß sich Libido unter Zugabe von Ethanol und Dextrose mühelos in Kunst wandeln läßt, wenn der Sympathikus mitspielt.«

Ich holte Kaffee, gab Koloman Tasse und Untertasse nacheinander, aber er verzichtete auf sein Ritual und trank einen großen Schluck direkt aus der Tasse, die er im weiteren Verlauf des Gesprächs auf seinen Knien balancierte.

»Ich komm also ins Lesen, les und les, und während ich les, denk ich plötzlich: Mein Julio, mein Julio, bist du ein Meister der Projektion? Denn«, Koloman machte eine Kunstpause, ich hatte den Eindruck, im nächsten Moment würde er zu granteln beginnen, »denn wenn für dich eine Bedrohung von einem weißen Papier ausgeht, mußt die dir ja wohl selbst machen, oder? Also: Was siehst darin?«

Ich stutzte. Was sah ich darin? Ich hatte mir noch keine Gedanken darüber gemacht, daß ich etwas aus den leeren Papieren heraus- oder in sie hineinlas, daß ich selbst es sein könnte, der sich seine Welt in den Papieren erschuf.

»Du bist einer von denen, die ihr ganzes Leben darauf warten, daß da draußen etwas passiert, ihrem Leben einen

Sinn oder einen Schwung gibt, eine Wendung zum Guten, zum Bedeutenden, wozu auch immer, damit sich da drinnen« – und bei dem Wort ›drinnen‹ hämmerte er sich unablässig mit der Faust gegen die Schläfe – »endlich endlich etwas tut. Aber wenn dann was ins Rollen kommt, gerätst eh in Panik und möchtest am liebsten wieder so weiterhudeln wie bisher. Denk einmal in Ruhe drüber nach«, sagte Koloman, stellte die leere Tasse auf den Tisch, erhob sich und nahm Tadzio auf den Arm.

»Morgen Probe«, sagte er zum Abschied.

»Ja, morgen Probe«, wiederholte ich.

34.

Die Nacht ließ mich schlaflos. Auf dem Balkon, auf den ich hinausgetreten war, um meine Gute-Nacht-Zigarette zu rauchen, sah ich Wolken eine Hofgesellschaft um den Mond bilden. Ihre äußeren Ränder wurden durch die Stadt karmesinrot angestrahlt, ihre inneren prangten vom weißen Licht des Mondes.

Ich hatte den Fernseher angeschaltet, um nicht allein zu sein (»Mit einem Fernseher«, sagte Mutter, »ist man nie allein, da ist das Haus voller Männer«), hatte ihn stumm geschaltet, um nicht gestört zu werden. Auf der Scheibe der Balkontür spiegelte sich das Geschehen im Apparat gegenüber. Ein Mädchenkopf tauchte auf, zerfloß, tauchte neben der Klinke ab.

Tief inhalierte ich die kalte Luft.

Was sah ich? Die Tage wurden länger, wurden kürzer, wurden länger. Mich interessierte kaum mehr, von wem die Schreiben kamen. Und offenbar interessierte mich auch nicht, was die Schreiben eigentlich beabsichtigten. Jeden ersten Mittwoch im Monat begann ich mein Ritual mit dem Postmann, das eine Erinnerung daran wurde, daß ich dem Tod wieder 30 oder 31 Tage näher gekommen war, und noch immer aufstand, mich wieder zu Bett legte, wieder aufstand, bevor ich den Tag sah. Ich wartete. Manchmal, so schien mir, wartete ich auf das Alter. Auch auf das Ende. Dann dachte ich, ich sei ein Entwurf. Leider kein sehr glücklicher. Ein Entwurf, der auf seine Vollendung wartete. Oder ein ärgerlich aufgeblasenes Manuskript. Viele Seiten. Aber wenig Qualität.

Gegen zwei Uhr stand mir Mutter vor Augen. Jahrelang hatte sie mir vorgeworfen, nichts Nennenswertes in meinem Leben geschaffen zu haben. Für sie war ich ein unbeschriebenes Blatt. Ich hatte auf den Moment gewartet, in dem sie zu mir sagen würde: Lieber hättest du wie dein Vater werden sollen. Es kam nicht mehr dazu.

Was hatte ich seit Monaten anderes in diesen Papieren gelesen als eine Mahnung?! Jeder hätte den Gedanken einer Mahnung darin erblicken können, so dachte ich, und jeder hätte daher auch gleich gewußt, was für ein Versager aus mir geworden war. Ja, ein Versager. Denn gemahnt werden mußte doch nur der, der wie ich nichts aus seinem Leben gemacht, der in einer Stadt lebte, die nur die Denkmalpfleger vermißten, würde sie eines Tages plötzlich von den Bergen gefressen, der leichtfertig seine Frau an einen

Yuppie verloren hatte, der selbst ein Muster ohne Wert geblieben war.

Um drei Uhr – ich war gerade wieder aufgestanden, pendelte nervös zwischen Küche und Toilette, ich hatte zuviel Wasser getrunken, um mich endlich müde zu machen, um mich müde zu trinken –, um drei Uhr erinnerte ich mich schlagartig daran, wie ich vor mehr als einem Jahrzehnt mit Ines eine Ausstellung von Folter- und Henkerswerkzeugen besucht hatte. Es war während eines Urlaubs in einer deutschen Kleinstadt, und wir waren unversehens in diesen Teil des Museums geraten. Vor den Richtschwertern, die hinter dickem Glas ausgestellt waren, das von innen angelaufen war, blieb ich stehen. Ines hatte mich sofort weiterzuziehen versucht. Vergeblich.

Es waren nicht die Inschriften, die mich bannten. Nicht wie die neben mir Stehenden, die sich, lauter als es an diesem Ort opportun gewesen wäre, über deren Zynismus unterhielten: ›Wan ich das Schwert thue aufheben wünsch ich dem Sünder das Ewig Leben‹. Nein, das war es nicht.

Ines hatte gesagt, sie warte auf mich in der Cafeteria, dann war sie abgerauscht. Sie mußte meinen Blick bemerkt haben. Meinen Blick, der auf den Klingen ruhte, der sich von den Klingen nicht mehr heben konnte. Von den runden, den perforierten runden Klingen.

Vielleicht hatte ich erwartet, daß ein Richtschwert eine zusätzliche Kante hätte, die das Durchschneiden des Halses garantierte. Eine Halsabschneiderkante. Vielleicht hätte ich auch angenommen, daß ein solches Werkzeug perforiert wäre, damit das Blut besser abflösse oder aus sonstigen mehr oder weniger rationalen Gründen, die in der Anatomie des Menschen begründet lägen. Aber ich hatte sicher nicht damit gerechnet, daß eine solche Klinge rund war und aussah, als ob man damit durch Butter dringen, Butterbrote bestreichen wollte. Als ob sie nicht durch Gurgeln schnitte oder sie durchstieße, sondern eine sämige Flüssigkeit sachte und gleichmäßig auf einer rauhen Oberfläche verteilte. Ein Schmierschwert. Ein butterbrotschmierendes, blutbutterbrotbestreichendes Richtschwert (kurzzeitig unterließ ich es, beim Frühstück mit meinem benutzten Messer im Kaffee zu rühren).

Ich sah mich diesem Stahlwesen gegenüber und erkannte, daß es zurückstarrte. Ich dachte, daß mein Hals und seine Schneide von derselben Rundheit seien, daß fleischerne und metallene Rundheit einander vielleicht von jeher suchten. Spät erst erschrak ich über meinen eigenen Gedanken. War ich lebensmüde, der legitime Sohn eines Selbstmörders? War es das? War es nicht doch die Mischung aus Grauen und Faszination? Oder war es nicht wie der Moment, wenn man vor einem jäh abfallenden Berghang stand und in Gedanken, nur in Gedanken, den einen letzten Schritt tat? Denn schließlich wollte ich ja nicht sterben. Ich wollte nur etwas beenden. Mein Leben beenden. Mein Leben beenden, so wie es war und noch auf Jahre hinaus sein würde.

Erst in der Cafeteria, die aus zwei Getränkeautomaten, einigen improvisiert in den Raum gestellten Bierbänken und einem Merchandise-Tisch bestand, auf dem ›Luthersocken‹ zum Verkauf feilgehalten wurden (ich glaubte zunächst wieder an einen Verleser, bis ich die eingestickte Aufschrift ›Hier stehe ich, ich kann nicht anders‹ entdeckte), erst hier und jetzt wurde mir der Gedanke einer verborgenen Mahnung bewußt; erst als ich Ines' Blick sah, der aus dem Fenster über die fernen, herbstlich braunen Hügelketten schweifte, erkannte ich, daß das Locken der runden Klinge ein Appell war, ein Appell an mein Leben. Ein Appell, etwas zu beenden und etwas zu beginnen. Ein Appell, den ich in den folgenden Wochen und Monaten und Jahren zu rasch wieder vergessen hatte.

Um drei Uhr fünfzehn wußte ich endlich, daß ich mich tatsächlich selbst für einen Versager hielt, einen Versager, der eine Mahnung nach der anderen bekam, die ihn auf den Weg zurückführen sollten; einmal vorausgesetzt, da war so etwas wie ein Weg, und einmal vorausgesetzt, ich hatte ihn irgendwann schon einmal beschritten, vorausgesetzt also, es handelte sich dabei lediglich um eine Rückkehr auf diesen Weg.

Ein Versager. Mutter hatte mir also doch ein Erbe hinterlassen, so dachte ich um vier Uhr. Im Fernsehen lief ein tonloses Musikvideo, *Slow Hands* von Interpol. Ich sah die rhythmischen Bewegungen von Schlagzeuger und Gitarrist, versuchte mir die Musik vorzustellen, griff in Gedanken die Akkorde mit. Ich hatte längst begonnen, eine gewisse Perfektion darin zu entwickeln, stumm Musik zu spielen.

Vielleicht, so kam es mir gegen fünf Uhr in den Sinn, nachdem ich mir einen Morgenkaffee gekocht hatte, den ich gerade trank, vielleicht haben die Briefe tatsächlich nur für mich diese Bedeutung. Das war es doch, was Koloman mir sagen wollte. Die wahre Absicht des Senders blieb mir solange unbekannt, bis ich mit ihm darüber würde reden können, was mir nach den Fehlschlägen des vorangegangenen Tages nun endgültig unmöglich schien. Das Gefühl, an die Einschreiben ausgeliefert zu sein, war mein eigenes Werk.

Ich verschluckte mich am Kaffee. In mir rangen Müdigkeit, die Empörung darüber, mich selbst über Monate derart gequält zu haben, dazu eine eigenwillige Form der Befriedigung, ja, des Glücks fast. Ich wartete auf den Sonnenaufgang, rechnete mir aus, wo Osten war, fand aber keine Anzeichen für eine Morgenröte. Auch der Verkehr schwieg hartnäckig.

Um sechs Uhr lag ich, bewacht von meinem Pandabären, der meinem Treiben mißbilligend zuzusehen schien, wieder auf dem Bett zwischen Wachen und Schlafen und rauchte eine Zigarette. Ich dachte an den Postmann, an seine geheimen Obliegenheiten.

Bis zu einer abgemessenen Stunde mahnte er mir jeden ersten Mittwoch im Monat ein Leben an, das ich mit Sinn erfüllen könnte. Mit Musik. Mit Freundschaft. Liebe. Einer Begegnung, einem Abenteuer. Womit auch immer.

Womit auch immer. Ich verscheuchte den Gedanken, daß der nächste Tag furchtbar würde, unausgeschlafen, wie ich wäre, und schlug das Protokoll auf.

VII.
Protokoll des Gregor B. – Fortsetzung

Sehen Sie mich nicht so an. »Es ist für alles gesorgt« war der Satz, mit dem mich meine Mutter als Kind getröstet hat. Anna schien es zu erahnen, sie fixierte mich, grinste, dann packte sie abrupt mit der anderen Hand zu, um mich näher an sich heranzuziehen. Ihre Augen blitzten mich an, wie berauscht rief sie: »Hey, wir bleiben den ganzen Abend zusammen, ja? Ich kenne eine Bar, so eine Lounge, in der sie African Dub spielen. Wir könnten noch weiterziehen, oder hast du was anderes vor?«

Ich schüttelte den Kopf. Sie ließ meine Hand fahren.

»Das wußte ich«, sagte sie.

Sie sprang auf, legte zehn Euro auf den Tisch und griff nach ihrem Trolley.

»Was ist?« fragte sie.

»Jetzt? Gleich? Wir haben doch gerade Essen bestellt.«

Anna trat nah an mich heran, so nah, daß ich fühlen konnte, wie sich ihr Schritt an meinem Oberarm rieb, und flüsterte: »Aber hier ist was nicht ok, ganz und gar nicht ok. Oder was glaubst du, warum ich gerade so laut geworden bin?! Frag nicht, dreh dich nicht um, komm mit. Bitte.«

Anna war bereits auf dem Weg nach draußen, der Stiefelabsatz, über den sie noch immer vorsichtig abrollte, hing nur noch an einem Fetzen. Ich faßte rasch nach meiner Jacke, zeigte, als der entstellte Kellner unser Trinken brachte, mit dem Finger auf den Geldschein, der zerknittert auf dem Tisch lag, und beeilte mich, aus dem Blickfeld der anderen Gäste zu kommen.

Anna trat ungeduldig von einem Bein aufs andere. Nebel war aufgezogen, es würde eine ungemütliche Nacht werden. Wir nahmen unseren Weg wieder auf, immer in Begleitung des rasselnden Trolleys, der mich an die Asthmaanfälle meiner Mutter in meiner Kindheit erinnerte. Ihr Atem ging in ähnlich rostigen Harmoniefolgen. Ich glaube, ich habe damals nur mit dem Rauchen angefangen, weil mich diese Anfälle den letzten Nerv kosteten. Und Mutter nichts weniger duldete als verpestete Luft in ihrem Haus. Aber vielleicht hatte sie auch nur Angst, mir könnten eines Tages die Zigaretten gestohlen werden, wenn ich sie ohne Namensschild ließe.

./.

Anna schwieg eisern. Sie sah auf den Weg vor sich. Dann sagte sie: »Hast du unsere Bedienung gesehen? Wie er telefoniert und immer wieder zu mir hergesehen hat? Hast du das gesehen?«

Ich erinnerte sie daran, daß ich mit dem Rücken zum Tresen gesessen hatte.

»Er hat hergesehen, immer wieder zu mir hergesehen, und dabei hat er ins Telefon gesprochen, ohne mich auch nur eine Sekunde aus den Augen zu lassen. Irgendjemand weiß jetzt, daß ich in der Stadt bin. Jetzt gehen diese Anrufe wieder los, in der Nacht.«

Bevor ich etwas antworten konnte, zuckte Anna mit dem Kopf und bedeutete mir: hier hinein. Es war eine schmale Gasse, an deren lichtem Ende die Bar war. Inzwischen war es viertel vor elf.

Ich hatte einen Riesenhunger.

./.

Eine halbe Stunde später wußte ich, was African Dub ist. Um ihn nicht länger wahrzunehmen, bestellte ich Longdrinks, zu denen Knabbergebäck gereicht wurde, es gab sonst nichts zu essen auf der Karte. Wir saßen am Tresen. Anna rauchte wieder. Sie trank Wein von kranker grünlicher Farbe. Ihr Glas zeigte Fieberperlen auf der Außenseite, die immer schneller an der Wandung herabrannen. Als ich sie fragte, ob sie öfter hier sei, schüttelte sie den Kopf und sah sich um, als müßte sie die Bar tatsächlich erst entdecken.

Ich fragte sie nach Afrika. Nicht daß es mich wirklich interessiert hätte. Ich kann nur zwei Staaten geographisch richtig verorten, den einen im Nordosten, den anderen, in dem Anna gelebt hatte, im Süden. Dazwischen liegt für mich ein leeres Raum-Zeit-Kontinuum. Mit meiner Mutter bin ich nie über die Grenzen Europas hinaus verreist. Ich hoffte noch immer, Anna würde sich hinreißen lassen zu einer verwertbaren Information. Wenn sie im Reden war, achtete sie nicht mehr so sehr darauf, bei einem Thema zu bleiben. Ich wollte endlich erfahren, wer jemanden wie sie mit nächtlichen Drohanrufen aufschreckte.

»Wann bist du weggegangen aus Afrika?«

»Mein Vater hat irgendwann einmal gesagt: ›Ich fühle mich wie ein Fremdkörper in dieser Landschaft.‹ Dann sind wir nach Deutschland gegangen. Aber er ist wieder zurückgekehrt nach dem Tod meiner Mutter. Und ich bin hiergeblieben.«

»Nein, ich meine: Wie alt warst du?«

»Ich weiß nicht mehr. Es war kurz nach der Geschichte mit Zachary.«

Anna hatte ihre brennende Zigarette im Aschenbecher abgelegt und zündete sich eine neue an. Sie riß die Augen auf, als sie bemerkte, daß sie einige Züge synchron rauchen müßte, wippte eine Sekunde mit dem Körper vor und zurück und drückte dann beide Zigaretten aus. Ich glaube, für einen Moment ahnte ich, daß ich in dieser Nacht mehr finden würde, als ich gesucht hatte.

»Zac war ein Mitschüler. Obwohl er drei Jahre älter war. Er war ein Idiot, mußte ständig Klassen nachholen. Niemand mochte ihn. Manchmal lief ihm der Rotz aus der Nase. Mann, er war schon fast erwachsen, verstehst du, und ihm lief der Rotz aus der Nase.« Anna schüttelte den Kopf.

»In den Sommerferien haben wir beschlossen, ihn in Kidds alte Farm zu locken, ein paar Jungs und ich. Ein total verfallenes und verwanztes Haus, über eine Meile vor der Stadt. Da gab es ein Zimmer im oberen Stock, das konnte man abschließen. Von den anderen Räumen standen teilweise nicht einmal mehr alle vier Wände. Zac ist uns tatsächlich hinterhergegangen. Wir hatten in der Schule rumerzählt, daß wir eine Schatzkiste gefunden hätten. Und als er drin war und sich an Kidds stinkender Wäschetruhe zu schaffen machte, knallten wir die Tür zu. Die Maus war in der Falle.«

Anna sah weg von mir, schüttelte neuerlich den Kopf, aber sie grinste dabei.

»Ok, was mit ihm machen? Wir hatten jede Menge Mist im Kopf. Obwohl wir das Fenster zugenagelt hatten, haben wir beschlossen, ihn rund um die Uhr zu bewachen. Wir haben uns immer abgewechselt. Und uns erzählt, was wir in der Abwesenheit der anderen getan hatten. Die meisten von uns haben wohl einfach nur bei ihm gesessen. Ich hab ihm ein paar Mal versprochen, ihn rauszulassen, wenn er sich vor mir auszieht, auf allen vieren kriecht und den Dreck vom Boden frißt. Mann, war das eklig.«

Ich nippte an meinem süßen Longdrink, ließ Anna nicht aus den Augen.

»Zu essen haben wir ihm nichts gegeben, ab und an mal was zu trinken. Nach ein paar Tagen saß Zac nur noch da, schaukelte vor und zurück, vor und zurück. Er hatte sich vorn und hinten in die Hose gemacht. Ein bißchen vertrocknetes Blut klebte unter seiner Nase, Insekten krochen darauf herum. Hat nicht mehr auf uns reagiert, hat uns nicht mehr angesehen. Wir wußten echt nicht mehr, was wir tun sollten. Das war nicht mehr Zac, sondern so eine Art Tier.«

»Und dann?«

»Hat Phil einen Stein genommen und damit ausgeholt. Der schwebte so über Zacs Kopf. Eine halbe Ewigkeit.

Irgendwann hat ihn einer der Jungs Phil dann aus der Hand genommen. Wir haben zugeschlossen, den Schlüssel vor die Tür gelegt und sind heimgegangen. Und Phil hat Zacs Bruder einen Zettel ins Auto geworfen.«

»Und er wurde nicht vermißt, die ganzen Tage nicht?«

Anna lachte auf: »Der?!«

»Was ist aus ihm geworden?«

Anna zuckte mit den Schultern.

»Meine Eltern haben mich vor Ende der Ferien erstmal nach Deutschland verfrachtet. Ich hatte ihnen von der Sache erzählt, konnt's nicht für mich behalten. Hab erst ein, zwei Wochen später erfahren, daß Zac lebte.«

Anna sah mich an und verdrehte die Augen.

»Oh Mann, schau nicht so. Wir waren ja noch halbe Kinder!«

Nach einer Pause, während ihre Finger hastig nach der Zigarettenpackung tasteten, sagte sie: »Aber das heftigste dabei war, daß ich mich eingenäßt hab. Als Phil den Stein hob. Stell dir das vor. Ich hab plötzlich gemerkt, daß sich da unten was abspielt bei mir, und dann mach ich mir in die Hose.«

Anna biß sich auf die Unterlippe, dann nahm sie einen kurzen Zug aus der Zigarette. Sie hatte plötzlich einen Ausdruck des Hungers auf ihrem Gesicht, als wäre sie selbst es gewesen, die lange von nichts gezehrt hatte.

Ich wandte meinen Blick ab, suchte in der Bar nach einem Bild, auf dem er ruhen könnte. Der Laden füllte sich merklich, obwohl es bereits nach 12 Uhr war. Das Durchschnittsalter des Publikums hatte sich verdoppelt, sein

Durchschnittseinkommen halbiert. In den Ecken lauerten angetrunkene Mittvierziger vorbeirauschenden leichtbekleideten Mädchen auf, die Männer tauschten Anzüglichkeiten aus, rauchten, lachten gezwungen und rümpften die Nasen.

Und nicht ein Afrikaner war zu sehen, der African Dub hören wollte.

Meine Finger begannen, die leeren Gläser, die vor uns auf dem Tresen standen, nach ihrer Größe zu ordnen, dann nach ihrer Farbe, schließlich nach der Form (von bauchig bis schlank).

»Und du?« fragte Anna tonlos, während sie auf meinen linken Ringfinger starrte: »Verheiratet?«

»Das ist ein Verlobungsring.«

»Ok. Du bist also verlobt. Das gibt's auch noch. Und wie ist sie so, deine Verlobte?«

»Nett. Ich mag sie.«

»Nett. Du magst sie. Das ist toll. Wie heißt sie denn?«

»Susanne.«

»Susanne. Wie aufregend.«

Anna verdrehte die Augen. Doch noch ehe ich etwas erwidern konnte, fragte sie mit entwaffnend leiser Stimme: »Ist Susanne schön?«

»Schön?« Ich dachte einen Moment nach. »Ja. Ja, sie ist schön.«

»Na klar ist sie schön. Wenn sie nett ist, muß sie ja wenigstens schön sein.«

»Hör mal, Anna ...«

»Versteh schon.«

Sie legte sich den Zeigefinger an die Lippe, öffnete einen Spaltbreit den Mund. Sie lächelte, zeigte ihren Schneidezahn, zeigte ihn her. Wie um zu signalisieren: Sie wisse, daß sie schon einmal zu oft jemanden provoziert hatte. Und setzte plötzlich hinterher: »Warum hab ich das Gefühl, daß du mich anlügst, Gregor?«

./.

Bitte, könnten wir eine kurze Pause machen? Ich bräuchte auch einen Schluck zu trinken.

In Ordnung, was wollten Sie fragen?

Und das fragen Sie *mich*? Ich weiß nicht, weshalb Anna das Gefühl hatte, daß ich sie über Susanne belüge. Glauben Sie etwa auch, daß ich lüge? Daß Susanne ein Phantasiegebilde ist? Dann kann ich auch gehen. Ich habe mich bereit erklärt, Ihnen noch einmal alles zu erzählen, weil ich dabei helfen möchte, Anna oder ihre Leiche zu finden. Aber wenn Sie mir nicht glauben – ich versuche mich zu erinnern. Ich gebe mir alle Mühe.

Bitte, lassen Sie uns fortfahren.

./.

Anna schien über ihrer eigenen Frage unruhig zu werden. Es dauerte noch einen Moment, bis ich bemerkte, daß ein Mann neben uns stand, Ende 40, mittelgroß, drahtige Gestalt, dunkler Typ. Er trug ein ausgeblichenes blaues Jackett. Sein Haar begann sich an mehreren Stellen auf dem Schädel gleichzeitig zu lichten. Er kräuselte unentwegt die Nase und kniff die Augen zusammen. Dabei hüpfte sein ungepflegter, graugesprenkelter Schnauzbart, der wie eine Kleiderbürste unter seiner Nase hing. Er rauchte filterlose Zigaretten. Oder nein, er riß den Filter seiner Zigarette ab und zündete sie dann von der anderen Seite an. Puhlte sich die Tabakkrümel von der Zunge. Seine Finger waren an der Seite orangefarben, die Nägel schwarz, mit offenen Stellen an der Nagelhaut. Er fixierte Anna und sagte mit tiroler Akzent: »Kennscht mich nimmer, ha?«

Anna betrachtete ihn aus den Augenwinkeln. Sie inhalierte schnell den Rauch ihrer Zigarette.

»Klar kennscht mich noch. Und deine kleine Freundin auch. Wenn's nach der Aktion noch deine Freundin ischt.«

Bevor ich etwas sagen konnte, zog der Schnauzbart geräuschvoll Luft durch die Nase ein und rückte näher an Anna heran. Er beachtete mich nicht. Trotz des Abstands zwischen uns roch ich die Mischung aus Zwiebeln, Kaffee und ungeputzten Zähnen, die er verströmte.

»Laß mich nicht gern verarschen. Geschäft ist Geschäft. Hättet's euch vorher überlegen müssen, bevor ihr mit jemandem in die Kiste steigt.«

Anna sah ihn an, die Augen weit geöffnet. Kein Grün mehr, sie strahlten dunkles Licht.

»Sie verwechseln mich.«

»'n Dreck! Mit deinen komischen Faschingsmasken!« sagte er und ließ den Schnäuzer hüpfen.

»Überhaupt, da ischt noch Cash offen, ha?«

Er rückte so nahe an Anna heran, daß sich ihre Schultern berührten.

»Hören Sie, Sie müssen mich wirklich verwechseln, ok?« sagte Anna und blickte verzweifelt zu mir her.

»Besser, Sie gehen jetzt«, versuchte ich mit fester Stimme zu sagen. Der Mann taxierte mich einen Moment, schien abzuwägen, ob sich ein Streit lohnte – bisher hatte es sich bei meiner Größe offenbar noch für niemanden gelohnt. Er strich sich über das Revers seines Anzugs, kniff die Augen ein paarmal auf und zu, schnaubte und verschwand aus meinem Blickfeld. Anna drückte ihre Zigarette im Aschenbecher aus, bis sie zu zerfasern begann. Sie schlüpfte von ihrem Barhocker und sagte, sie wolle jetzt gehen. Daß sie ihren Trolley zurückließ, war das Zeichen für mich, ihr zu folgen. Als ich über die Schwelle trat, sah ich, daß der Schnauzbart vor der Tür stand und lauthals in sein Handy schimpfte. Ich ging an ihm vorbei, er stieß mich mit der Schulter an, hielt eine Hand vor das Telefon und zischte, während sich kleine Blasen auf seinen Lippen bildeten: »Sag dem Mauserl, ich erinner mich an sie, egal was sie behauptet.«

Ich schob ihn vorsichtig beiseite und suchte, den Anschluß an Anna nicht zu verlieren.

»Bürscherl, paß bloß auf dich auf, die kommt schon zurecht. Die kommt zurecht, sag ich dir«, rief er hinter mir her.

Anna wartete an einer Bushaltestelle. Sie hatte sich den hellsten und belebtesten Ort entlang der Straße ausgesucht. Als ich näher trat, sah ich, daß sie zitterte.

»Ich hab keine Zigaretten mehr«, klagte sie, »vielleicht sollten wir zu mir gehen.«

Ich fragte, ob sie jetzt keine Gefahr mehr fürchte.

»Wir werden leise sein und kein Licht machen«, antwortete sie. Dann setzten wir uns wieder in Bewegung, sie mit dem schwanken Absatz, ich mit dem quietschenden Trolley, ein nicht ganz perfektes Paar in einer immer nebliger werdenden Nacht. Wir sprachen kein Wort. Erst kurz bevor wir das Haus erreichten, sagte Anna: »Mit dir hab ich keine Angst mehr.«

VIII.
Das ist mein Beerdigungshut

35.

In einer der folgenden Wochen legte mir Koloman eine Karte vor die Tür. Er lud mich ein zu einem Vortrag über die Metaphysik des Hutes in einer drittklassigen Einrichtung der Erwachsenenbildung. Ich war zu früh dran, dafür kam er verspätet, sah müde aus und abgehetzt. Ich hatte nicht mehr mit ihm gerechnet, begann mich zu fragen, was ich eigentlich in dieser schwerfälligen Versammlung bildungswilliger Rentner zu suchen hatte. In der Luft lag der Geruch von Kölnischwasser und Zigarrenrauch, der sich in Textilfasern festgesetzt hatte. Ich installierte mich nahe dem Ausgang, um notfalls rasch und unbemerkt die Flucht ergreifen zu können.

Der Vortragende war eine gepflegte professorale Erscheinung jenseits der Siebzig, mit weißem Backenbart und signalroter Krawatte, die er zu einem Trachtenjanker trug. Er trat barhäuptig ans Rednerpult, es erhob sich schüchternes Klatschen, dann setzte er sich einen Tirolerhut auf und sagte mit mühsam unterdrücktem schweizer Akzent: »Das ist mein Beerdigungshut.«

Aus dem Auditorium war hüstelndes Gelächter zu hören.

»Lachen Sie nicht«, rief der Vortragende und nahm ihn ab, »das ist wirklich mein Beerdigungshut, oddr.« Er trage ihn, wenn er bei Leichengängen sei, oder wenn er über

Leichengänge spreche. Und er spreche meist über Leichengänge, wenn er über die Metaphysik des Hutes spreche. Denn der Hut, so führte er aus, sei das metaphysische Kleidungsstück sui generis am menschlichen Körper. (Koloman begann sich auf seinem Stuhl zu winden.) Seit jeher würden Hüte zu zeremoniellen Zwecken getragen, besonders bei Beerdigungen. Hüte trügen Menschen, die in Verkehr mit den Göttern stünden oder gerieten. Manche Völker behielten den Hut bei einer Beerdigung auf, aus Angst davor, selbst dem Tod zu verfallen, bliebe ihr Kopf unbedeckt. Alles Gute, aber auch aller Schaden komme von oben, komme von den Überirdischen.

»Der, dem der Hut ins Grab fällt, wird selbst bald sterben. Deshalb heißt es, ihn gut festhalten, wenn man bei einer Leich ist, oddr. Und wenn ein Toter noch etwas im Leben auszumachen hat, dann kommt er seinen Hut holen. Aber wehe, wenn der schon einen neuen Besitzer hat! Dann nimmt der Tote nicht nur den Hut mit.«

Koloman hustete stark, er entschuldigte sich und verließ den Raum, um die Toilette aufzusuchen. Der Vortragende nutzte die Pause, überzog sie und holte theatralisch Luft. Er schien Gebrauch zu machen von der Kunst, ungekünstelt zu sprechen.

Von den Innsbrucker Schiffern, so fuhr er fort, werde berichtet, daß sie noch vor nicht allzu langer Zeit den ersten Ertrunkenen eines jeden Jahres dem Inn gelassen hätten, als Jahresgabe an die Totengötter. Nur den Hut hätten sie herausgefischt. Das habe genügt, um etwas von der Person zu begraben.

Der Professor verhedderte sich in seinem Manuskript, fegte einen kleinen Stapel Papiere vom Pult und begann dann mit einem neuen Gedankengang.

Hermes Psychagogos, der Seelenführer. Wotan, Hades, Orkus, Pluto: Totengötter seien immer schon Hutgötter gewesen. Wurde es ihnen unter dem Helm zu heiß, hätten sie Hüte getragen. Hutgötter und Berggötter und Wettergötter. Wotan lebe bei seinen Toten in den Bergen, wo er über den Wind wache, eine Wolke als Hut.

Koloman war zurückgekommen. Er nickte mir wohlwollend zu, dann gähnte er herzhaft.

»Totengötter und Wettergötter und Hutgötter«, hörte ich von vorn.

»Hundgötter?« fragte Koloman etwas zu laut.

Ich ignorierte ihn, versuchte, dem Vortrag zu folgen. Ein vor mir sitzender Mann mit breitem blauen Schlips und brauner Cordjacke wandte sich zischend zu uns um. Die Frau zu seiner Rechten, eine fast zahnlose Alte, drehte sich ebenfalls um und flüsterte in Kolomans Richtung, während sie immerfort mit dem Unterkiefer mahlte: »Huf, Huf.« Dabei rieb sie mit der flachen Hand über ihren Kopf.

»Ja so, verbindlichsten Dank auch«, sagte Koloman. Er sah zu mir her, zuckte mit den Schultern und tippte mit dem Zeigefinger an seine Stirn.

Hundgötter. Der Gedanke ließ mich nicht mehr los. Ich sah Tadzio vor meinem inneren Auge, mit triefnassem Fell an der Seite seines Herrchens. Als schwarzer Pudel hätte er allerdings mehr hergemacht. Dafür war der Grantler als Hutgott eine Vorstellung, die mir problemlos gelang. Auch wenn ich mich zu fragen begonnen hatte, wozu oder weshalb er mich eigentlich zu diesem Vortrag mitgenommen hatte, wenn er selbst gar nicht zuhörte.

»Der Wilde Mann von Tirol«, die Stimme des Redners klang jetzt heiser, man reichte ihm ein Glas Wasser, aber er rührte es nicht an, »der Wilde Mann, ein alter Donnergott, ist nur gut gelaunt, wenn's recht wettert und tobt, oddr. Dann sitzt er barhäuptig da, heiter und munter. Aber bei schönem Wetter hüllt er sich in seinen Mantel, zieht sich den breitkrempigen Hut ins Gesicht und grantelt.«

Die Ausführungen begannen sich in verzwickte Details zu flüchten. Koloman stand noch zweimal auf, um zur Toilette zu gehen. Dann, für mich kaum vorhersehbar, endete der Vortrag abrupt in höflichem Applaus. Koloman ließ sich nur umständlich wecken. Nächstes Mal wolle er lieber wieder zu einem Schachturnier, grantelte er. Da seien wenigstens die Stühle bequemer.

In der darauffolgenden Nacht hatte ich einen merkwürdigen Traum.

Ich hörte starken Regen oder Hagel gegen meine Balkontür hämmern. Ich verließ das Bett, um nachzusehen, und sah meinen Postmann mit schmallippigem Lächeln davorstehen. Ich öffnete, wollte ihn hereinbitten. Er bewegte sich nicht von der Stelle, ließ sich lediglich den Schnaps geben und bedankte sich mit einem Zucken der Augenlider. Dann nahm er den Hut ab, das erste Mal nahm er seinen Hut ab. Ich hörte die Einschläge der Hagelkörner auf dem Dach. Der Postler übertrat die Schwelle, steuerte meiner Wohnungstür zu und flüsterte mir ein leises »Komm!« zu;

ich sah mich selbst von außen, wie ich ihm folgte, die Schnapsflasche noch in der Hand, weil ich mich nicht getraut hatte, sie einfach vor der Tür abzustellen, was sollten die Nachbarn denken?!; sah also, wie ich ihm folgte, sah an der Wand unsere Scherenschnitte, die jede unserer Bewegungen exakt nachzeichneten, während der Postmann und ich die Treppe hinabhatschten, die nach unten, in ein unabsehbares Dunkel, eine Tiefe führte, in der jeder Ton erstarb und jeder Hauch und jeder Ruch. Bis wie von ungefähr die ersten Laute von *Eleanor Rigby* ertönten. Synkopiert. In der Fassung des Grantlers.

36.

Aber nicht ich starb.

Die dichten Morgennebel des Frühjahrs stiegen bereits, sie trugen den Geruch des Waldes zu meinem Balkon herauf. Ich rauchte, sah, wie das Licht aus meinem Zimmer auf eine Nebelwand fiel, daß ich jede Bewegung meiner Silhouette auf ihr verfolgte und mit einem Schattenspiel begann. Meine Hände formten einen Adler mit gespreiteten Flügeln, einen Schwan mit viel zu kurzem Hals, schließlich Tadzios Schnauze. Ich ging an ein Profil des Grantlers, aber es wollte mir nicht gelingen. Stattdessen verbrannte ich mir die Finger an der Glut des Zigarettenfilters.

An einem dieser Morgen, die jetzt früher als zuvor für mich begannen, hätte ich beinahe unsere Probe verpaßt.

Koloman mußte geklingelt haben, aber ich schlief noch. Als ich auf den Wecker sah, war es kurz vor neun, unsere verabredete Zeit. Ich verzichtete auf das Frühstück, zündete mir nur eine Zigarette an und hastete zum Proberaum, der in einem ehemaligen Fabrikgelände untergebracht war, hörte von außen Schlagzeug und Baß, die Posaune hörte ich nicht. Umgekippt sei der Grantler, schwindlig sei ihm halt, dann habe er zum Örtchen wollen und sich verbeten, daß man ihm dabei helfe. Wie lang das her sei, fragte ich. Ungefähr zwanzig Minuten.

Die Betriebstoilette bestand aus braungesprenkelten Pißrinnen, die sich über zwei Wände dahinzogen, in die dritte Wand waren einige Aborte eingelassen, zugänglich durch einfache Schwingtüren. Es war dunkel, ich betätigte den Lichtschalter, dann dauerte es einen Moment, bis die Leuchtstoffröhren reagierten. Schon von weitem sah ich unter einer Tür jemanden auf dem Boden kauern. Der Geruch war atemlähmend, aber das war er hier immer.

»Koloman?« fragte ich vorsichtig.

»Auch schon wach?« fragte er zurück. Er hatte sich zu einer Antwort ermuntern müssen, die Stimme kratzte noch, er hustete. Ich hörte, wie sein Atem pfiff.

»Darf ich reinkommen?«

»Laß mich noch ein bisserl hier liegen.«

Er schwieg. Dann sagte er: »Jetzt fahr ich doch schon extra jede Strecke. Aber ich bekomm einfach keine Luft mehr. Einfach keine Luft mehr.«

Ich stellte meinen Gitarrenkoffer ab und setzte mich auf seinen äußersten Rand. Mir war aufgefallen, daß Koloman in den letzten Wochen bisweilen Mühe hatte, stehende Töne zu halten. Er spielte in merkwürdigem Staccatostil. Nach den Songs sagte er kopfschüttelnd, die gute Trute komme langsam in die Jahre, er müsse sich wohl doch nach einem neuen Instrument umschauen. Ich erbot mich, ihm dabei behilflich zu sein. Statt einer Antwort klopfte mir Koloman nur freundlich auf die Schulter und nickte.

»Geh scheißen«, hörte ich ihn jetzt sagen, »da hörst auf zum rauchen, und dann wirst trotzdem abgebraucht. Mit jedem Tag steigt das Wasser. Erst ist's in den Füßen, dann kriecht's dir in die Schenkel, in die Hüften. Es sucht sich den Weg zum Herzen. Und wenn's da ist, dann ist Feierabend.«

Ich spürte ein Brennen in meiner eigenen Kehle, versuchte, tief Luft zu holen.

»Warum hast du nicht früher was gesagt?«

In den Heizungsrohren, die quer über die Decke verliefen, knackte es vernehmlich.

»Das Schlimmste daran ist das Warten. Nicht, daß du weißt, daß es unabwendbar ist. Aber du fangst an, darauf zu warten, daß es aufs Herz druckt. Das ist das Schlimmste. Fragst dich, ob der Termin für das Konzert nicht doch zu spät angesetzt ist.«

Sirren der Leuchtstoffröhren, das Knistern einer, die unablässig mit dem Tode ringt, an- und wieder ausgeht, schillernde Punkte auf meiner Netzhaut versprühend.

»Wir könnten es vorverlegen, wir wären soweit.«

Koloman drückte die Spülung. Er richtete sich langsam auf, ich sah seine Stirn über den Schwingtüren aufscheinen. Unter der angespannten Gesichtsmuskulatur trat langsam ein Lächeln an die Oberfläche.

»Eh klar«, sagte er.

Ich half ihm zum Waschbecken. Er wusch sich lange die Hände, dann das Gesicht mit der rötlich schimmernden Brühe, die aus einem alten Gummischlauch sickerte, sagte: »Jetzt fang ich an, nach altem Mann zu riechen.«

»Fehlt aber noch Kölnischwasser«, antwortete ich. Ich wußte selbst nicht, weshalb ich das sagte. Ich sah zurück, bevor ich das Licht in der Toilette ausschaltete. Unter einem der Heizungsrohre hatten Kondenswassertropfen eine Lache in einem giftigen Rostbraun gebildet.

Langsam trotteten wir, Seite an Seite, zurück zum Proberaum. Die Aura des schweren großen Mannes neben mir schien sich aufzulösen. Jäh blieb der Grantler stehen und lachte: »In Wien hat mir mein Musiklehrer andauernd gesagt: ›Kolo, spiel die Posaun', als ob's um dein Leben ging.‹ Und ich hab gespielt um mein Leben. Daß ich dabei verloren hab – no, was tut's!«

37.

Seit Wochen hatte ich nicht mehr mit Ines telefoniert, geschweige, daß wir uns getroffen hätten. Sonst hatte ich stundenlang mit mir gerungen, sie anzurufen, sie vielmehr nicht anzurufen, und mindestens einmal in vierzehn Tagen habe ich den Hörer nicht wieder vorzeitig aufgelegt und auf ihre immer gleichen Fragen die immer gleichen Antworten gegeben. Mir wurde schlagartig bewußt, daß und in welchem Maße Ines aus meinen Gedanken verschwunden war.

»Du denkst öfter an deinen Postler als an deine Ex«, spottete Koloman, »die Briefe reichen dir allemal zum Leben, da brauchst deine Ines ja nicht mehr.«

Ich nickte, dann sagte ich: »Trotzdem wüßte ich gern, wer sie schickt.«

»Vielleicht bin ich's.«

Ich besuchte Koloman inzwischen zweimal täglich. Er hatte mir einen Schlüssel für seine Wohnung gegeben. Es sei ihm lieber so. Lieber, wenn ich ihn fände, kein Fremder, und schon gar nicht der Hausbesorger. Selten sprachen wir von seiner Krankheit. Ich erforschte intensiv seine Züge. Sein Gesicht war schmaler geworden, die Augen schwammen auf dem Grund eines dunklen Sees. Seiner Kurzatmigkeit zum Trotz hatte Koloman wieder zu rauchen begonnen, Zigarillos, er paffte eine blaue Wolke in Form eines obskuren Tiers vor sich in die Luft und räusperte sich.

»Sehr witzig«, sagte ich nach einigem Bedenken, ich sagte es mit einer nicht zu unterdrückenden Unsicherheit und lächelte verlegen, »du kanntest mich damals doch noch gar nicht.«

»Weiß man's?!«

»Außerdem war von einem mittelgroßen, mittelkräftigen Mann die Rede.«

»Vom Holetschek! Der kann doch ein Handy nicht von einem Handbesen unterscheiden. Nicht einmal bei Südwind.«

Ich fixierte ihn scharf. Koloman hatte sein Zigarillo an den Mund gesetzt, ohne zu rauchen. Plötzlich entfernte er es auf Armlänge und deutete zu mir her.

»Hast eigentlich keine Angst, daß irgendwann auch mal ein – ein beschriebenes Blatt kommen könnt?«

Koloman zog den Rauch ein, sein Kehlkopf bebte. Das Zigarillo drohte auszugehen. Um ihn nicht noch schärfer zu fixieren, schickte ich mich an, ihm Feuer zu geben – seine eigenen Streichhölzer verlor er unablässig in den Sesselpolstern. Er winkte ab. Es sei schon gut so, man müsse jetzt ohnehin schlafen. Er schlief mittlerweile bei Tag mehr als in der Nacht.

Als der Sommer den Frühling aufzufressen begann, sahen wir uns nur noch zwei- oder dreimal die Woche, Besuch erschöpfe ihn zu sehr. Den vorverlegten Konzerttermin mußten wir absagen, Koloman ging es schlechter, er erhöhte die Dosis der Morphiumpflaster.

Das Schreiben als Einladung zu begreifen – in diesen Tagen wollte es mir nicht gelingen, es wollte mir nicht gelingen, mein ›Nächtebuch‹ zu führen. Man kann sich des Schreibens entwöhnen wie einer lange vernachlässigten Freundschaft.

Ich kam vom Einkaufen zurück, war auf dem Weg zu Koloman und sah hinauf in die Berge. Der Himmel hatte sich mit tiefschwarzen Wolken bedeckt, darunter reflektierte die Sonne Gelbtöne in allen Schattierungen von einer feinen Schicht abendlichen Smogs. Geblendet wandte ich den Blick ab.

Schon durch die geschlossene Tür hindurch hörte ich

das heisere Hundebellen. Ich fand Koloman ohne Bewußtsein neben die Badewanne gekauert. Tadzio sprang an mir hoch, zerrte an meinem Hosenbein. Ich rief die Ambulanz, die sich darüber beschwerte, daß ich Koloman nicht hätte an Ort und Stelle liegen lassen sollen (wie aber hätte ich allein den schweren Körper von Ort und Stelle bewegen können?). Zu dritt wuchteten wir ihn aufs Bett. Tadzio beobachtete das Geschehen mit vorsichtiger Neugier, er verfolgte jede Bewegung des Arztes am Körper des Grantlers, hielt Wache am Krankenbett.

Man beschloß, ihn mitzunehmen, wieder waren wir zu dritt tätig, der Hund sprang solange zwischen unseren Beinen herum, bis ich ihn ins Badezimmer sperrte.

Der Fahrstuhl war noch immer kaputt. Im Treppenhaus stellten wir fest, daß wir Männer in ungerader Zahl mit der Trage nicht die Stiegen hinabkämen. Wir holten einen Nachbarn zu Hilfe, der sich redlich mühte, aber mehr eine Last war, weil er sich wiederholt die Finger zwischen Wand und Griffen klemmte. All dies kommentierte Tadzio mit wütendem Kläffen und Scharren aus seinem Exil. »Appetit auf gefüllte Kalbsbrust«, stöhnte Koloman hin und wieder, wenn die Trage einen Sprung tat.

Ich saß in der Notaufnahme, saß und wartete, überflog, solange es noch Tageslicht gab, das Provinzblatt und wußte anschließend, welcher sechstklassige Fußballverein diese Saison nicht in die fünfte Liga aufsteigen würde. Dann fiel durch die halbgeschlossenen Jalousien Dämmerung in den Raum, ich versuchte mich auf einen Song zu konzentrieren, den ich für Paintner vorbereiten wollte. Vergeblich.

Schließlich ein vertrauter Ton, im Zimmer nebenan startete ein PC, Windows spielte seine läppische Melodie, ein Stück Vertrautheit in weißleerer Wildnis. Ich hätte mit einer Krankenschwester flirten mögen, aber es kam keine Schwester, nur ein Arzt, der mir erklärte, mein Vater bleibe für einige Tage zur Beobachtung im Krankenhaus, ich solle eine Telefonnummer hinterlassen, unter der man mich erreichen könne. Aber keine mobile, die seien aus Kostengründen gesperrt. Ich gab ihm die Nummer von Paintners Studio.

Der hatte mich schon tags zuvor einberufen. Ich war eher schlecht als recht vorbereitet und improvisierte, was mir schwerer fiel als gewöhnlich. In der zweiten Woche beschloß ich, aktuelle Gitarrenmusik zu spielen, deren Griffe ich zuhause abgehört hatte: *The Dark of the Matinee* von Franz Ferdinand, *My Apology* von Elefant, *Harrowdown Hill* von Thom Yorke. Ob die Songs chinesisch glückten, wußte ich nicht. Ich sah wiederholt zu Paintner hinüber, der hinterm Mischpult saß; die dicke Glasscheibe, die den Aufnahmebereich von seinem ›Produktionszimmer‹ trennte, war von Zigarettenrauch und Seifenresten angelaufen, Paintner wischte dann und wann mit einem Haushaltsreiniger über ihre Mitte, wo sich die Speichelspritzer von Sängern schwarz verfärbten.

Was ich sah, war nicht alarmierend: Der Produzent bewegte den Schopf mehr oder weniger rhythmisch auf und ab, dabei drohte ihm der viel zu große Kopfhörer herunterzufallen. Das beste Zeichen aber war: Er blieb hinterm Mischpult sitzen. War er in früheren Sessions aufgebracht, ganz gleich, ob nun meines Spiels oder der musikalischen Großwetterlage wegen, pflegte er, polternd wie ein alter Freibeuter, mein Reich hinter der Scheibe zu entern und mit hocherhobener Zigarette Sekond–Quart–Terz in die Luft zu stechen. Oder ein Gedicht zu rezitieren. All dies blieb aus. Ich bewegte mich auf ruhiger See.

Von jetzt an spielte ich rasant, um die Produktion voranzutreiben, um mit Tadzio Gassi zu gehen, um ins Krankenhaus zu kommen. Doch Koloman, wieder bei Bewußtsein, verweigerte jeden Besuch. Es vergingen nahezu drei Wochen, bis er entlassen wurde, bis ich entlassen wurde.

38.

Im Krankenhaus sagte mir der Arzt, der Chefinspektor Steinbichler sei auf eigenen Wunsch und eigene Verantwortung nach Hause gegangen; und hinter vorgehaltener Hand fügte er hinzu, im Grunde hätte diese Entlassung etwas von aktiver Sterbehilfe. Aber der Herr Chefinspektor sei halt ein etwas eigenwilliger Mensch und auf seine Art und selbst in seinem Zustand kaum zu bremsen gewesen.

Ich überbrückte die Zeit bis zu unserem Treffen in einem Bistro jenseits der Touristenmeile, das ich als einigermaßen leise in Erinnerung hatte. Mittlerweile hatte ich mir einen MP3-Player angeschafft, ich wollte die Rough Mixes der Songs anhören, die Paintner angefertigt hatte, um sie auf eventuelle Unsauberkeiten in meinem recht lässigen und nachlässigen Gitarrenspiel zu überprüfen. Gleich beim

Eingang sah ich den Holetschek sitzen. Ich versuchte, mich in den angrenzenden hinteren Schankraum zu drücken, aber er winkte mich herbei wie einen alten Freund und begrüßte mich überschwenglich. Ich nahm Platz, umständlich, weil sich Tadzios Leine um mein linkes Bein und den Bistrotisch gewickelt hatte, und fragte den Holetschek nach seinen baltischen Gästen. Der Este sei längst fort, der Lette gerade auf der Toilette. Er reise noch am selben Tag, sitze quasi auf gepackten Koffern. Oder wohl eher auf Plastiktüten. Von Hofer. Der Holetschek lachte laut über seinen eigenen Witz und nickte dabei. Ich bestellte einen Kaffee bei einer nicht mehr jungen Servierkraft mit großporiger Gesichtshaut, die ein poliertes und stählernes Hochdeutsch sprach (›portato‹ wäre wohl die korrekte Artikulationsanweisung), dabei aber ungemein freundlich dreinblickte.

Dann kam der Lette, wieder im Flanellhemd. Er drückte, während er unentwegt in sein Mobiltelefon gurrte, dem Holetschek mit einem leisen Zwinkern 100 Euro in die Hand.

»Es ist nicht alles Gold, was glänzt. Aber ich nehm's trotzdem gern«, sagte der, unablässig nickend.

Der Lette klappte sein Handy zu, dann küßte er den Holetschek rechts und links auf die Wange und machte Anstalten, mich in seine Katzenwäsche einzubeziehen. Ich tauchte unter ihm durch, strich dem bislang schlafenden (und jetzt wieder erwachten und orientierungslos dreinblickenden) Tadzio über den Kopf und entging ihm so. Der Lette verließ das Café, bestieg ein Auto mit Innsbrucker

Kennzeichen und fuhr hupend ab. Der Holetschek winkte ihm lange durch die Fensterscheiben nach. Dann sagte er: »Da war nichts mehr zu machen, die Zylinderkopfdichtung war hinüber. Und die nicht allein.«

Er erkundigte sich nach dem Grantler. Schlecht, sagte ich, es stehe sehr schlecht um ihn.

Ja, antwortete der Holetschek, er habe schon immer recht zur Erkältung neigen wollen.

»Sag ihm ganz liebe Besserung, hörst?«

Er machte Anstalten zu bezahlen, wurde aber von der Kellnerin übersehen. Schließlich gingen wir an die Theke, wo die Deutsche gerade anlangte, in den Armen balancierte sie Teller mit zur Hälfte aufgegessenen Baguettes, um sie in die Küche zurückzubringen.

»Bezahlen, bittschön«, sagte der Holetschek, noch immer mit der ihm eigenen Gemütsruhe.

»Sagst du mir, wo du gesessen hast?«

»Zwei Verlängerte, nein, drei, drei Verlängerte.« Der Holetschek zwinkerte mir zu.

»Wo hast du denn gesessen, Schätzchen?«

»Zwei Jahre in Josefstadt, dann nochmal zwei im Zieglstadl.« Der Holetschek ließ ein Stück Zunge zwischen den Zähnen aufblitzen, die deutsche Kellnerin sah hilfesuchend zu mir her, ich beeilte mich, in eine andere Richtung zu blicken. Als die Formalitäten nach schier endlosem Hinundher, bei dem er ihr nicht nur die Namen aller österreichischen Justizvollzugsanstalten herbetete, sondern auch begreiflich zu machen suchte, das Wort ›sitzen‹ sei mit ›sein‹, nicht mit ›haben‹ zu konjugieren (er sagte nicht

›konjugieren‹, er murmelte etwas wie ›konkubieren‹), als demgemäß endlich alles bezahlt war, bedankte ich mich beim Holetschek für die Einladung und beeilte mich zu gehen. Doch das ›original Dreiviertelgesicht‹ ergriff meinen Unterarm und hakte sich für einen Moment unter.

»Und richt dem Grantler aus, nächstens soll er doch meinen Schwager nicht so hart anpacken beim Verhör. Wenigstens den Schnaps soll er zuhaus lassen.«

Ich wunderte mich, vergaß aber, Koloman darauf anzusprechen. Ich vergaß sogar, die Genesungswünsche auszurichten.

39.

Der Grantler öffnete, stand schwer atmend in der Tür, er trug graue, lange Wollunterhosen, die nicht mehr ganz sauber waren und nicht mehr sauber rochen. Sein Bauch ragte nur noch wenig hervor unter dem gestreiften Hemd. Er hatte ihn ehrenvoll getragen, jetzt war es nurmehr eine Bauchruine, ein kläglicher Rest von bäuchlings getragener Vornehmheit, die sich schamvoll körpereinwärts duckte, bisweilen erzitterte und den Grantler zu einem schmerzvollen Grinsen nötigte. Selbst Tadzio versuchte nicht ins Liebesspiel mit meinem Bein zu treten.

Merkwürdigerweise trug Koloman neue Schuhe. Sie knarzten bei jedem seiner Schritte.

»Muß sie noch einlaufen«, sagte er. Er stutzte.

»Obwohl, weit muß ich damit ja nicht mehr.«

Um nicht andauernd hinsehen und hinhören zu müssen, schlug ich vor, zur Feier unseres Wiedersehens zu kochen. Koloman hielt es für vergebene Liebesmühe, aber er ließ es geschehen. *Wer heute stirbt ist morgen tot*, summte er vor sich hin. Während ich Nudeln aufsetzte und Zwiebeln schnitt, erzählte ich ihm von unserem neuen Konzerttermin. Koloman schluckte mehrmals hintereinander, sein Kehlkopf, der jetzt grotesk voluminös an seinem Hals hing, eine vorgestülpte Wucherung, hüpfte auf und ab, auf und ab, auf und ab.

Er aß nur wenig, und auch das wenige landete kurze Zeit später im Abort, als wollte er alles aus sich herausbringen und folgerichtig nichts mehr in sich hinein.

»Du kannst vielleicht kochen«, grantelte er heiser. »Und ich, ich kann jetzt nicht einmal mehr sagen, ich leb von der Hand in den Mund und, Gott sei Dank, nicht retour.«

Nach dem Essen ging Koloman geräuschvoll in sein Schlafzimmer und kehrte wieder mit einem Tirolerhut auf dem Kopf. »Das ist mein Beerdigungshut.« Er hob eine Augenbraue, ließ sie wieder fallen und grinste. »Wirst den behalten?«

»Kommst du mich dann holen?«

»Wenn mir dort recht fad ist: freilich.«

Er nahm den Hut nicht mehr ab. Ein paarmal hustete er, hielt sich die rechte Seite. Ich fragte, ob ich ihm ein Morphiumpflaster holen solle, aber er winkte ab.

»So spür ich wenigstens, daß ich leb. Andere müssen sich dafür einen Spiegel vors Gesicht halten.«

Kaum hatte er mich am frühen Abend mit den Worten

»Jetzt sind wir aber alle müd« schlafen geschickt, hielt er mich auf der Schwelle noch einmal mit einem schwachen Zupfen an meinem T-Shirt zurück. Er hatte darauf bestanden, mich wie immer zur Tür zu bringen, sah mich lange an, scheinbar ohne Regung in seinem Gesicht und ohne ein Wort zu verlieren. Dann sagte er: »Jetzt mußt wieder auf dich selbst aufpassen.«

Ich nickte. Ich wollte mir Mühe geben. Und zunächst wollte ich damit beginnen, das Zucken in meinen Mundwinkeln zu unterdrücken.

»Und auf Tadzio. Das versprichst?«

Ich versprach es.

Ich versprach, mich um den Hund zu kümmern, um das fahrende Ei, die ›gute Trute‹ und um die Wohnungsauflösung. Die Bücher hatte er, während er im Krankenhaus war, von einem Antiquar abholen und schätzen lassen. Sie sollten Tadzio eine lebenslange Pension sichern.

»Das Beste, was davon noch zu erwarten war.«

»Blödsinn«, sagte ich, »das kleine Biest hätte ich doch gern zu mir genommen. Wo sogar ein Gummibaum durchkommt, wird auch für einen Hund gesorgt.«

Über Kolomans Gesicht kroch ein Lächeln. Ich habe dergleichen nie zuvor beobachtet, nie bei ihm und bei keinem anderen Menschen: es kroch buchstäblich von einem Ohr zum anderen. Dort angelangt, verschwand es. Und ließ eine ungewisse Leere in seinem Mienenspiel zurück. Er hustete.

»Drecks Tagesform heut«, grantelte er, »drecks Tagesform.«

Koloman schob den Unterkiefer nach vorn, versuchte ein Augenzwinkern, das ihm mißlang, und schloß behutsam die Tür vor meinem Gesicht.

Einen kurzen Moment hörte ich seine Schuhe knarzen. Dann war es still. So still, daß ich den Lichtschalter im Treppenhaus betätigte, nur um sein metallenes Klacken zu hören. Das Licht war nicht zu sehen. Es war einfach zu hell draußen.

Ich wollte noch einmal um den Block, um nicht in meiner Wohnung allein zu sein. Ein vielleicht fünfjähriges Mädchen, mit futuristischer Maschinenpistole ausgerüstet, lauerte mir hinter einem Busch auf, trat dann wenige Meter vor mir aus seinem Versteck, stellte sich breitbeinig auf den Gehsteig und zielte mitten auf meine Brust.

»Peng«, schrie sie, »peng, peng, peng! Jetzt bischt nicht nur einmal tot. Jetzt bischt gleich«, sie hielt inne, zählte, »dreimal tot!«

Mich fröstelte. Daß die Göre aber auch nicht zählen konnte!

40.

Das Konzert spielten wir nicht mehr. Koloman starb um die Mittagszeit des folgenden Tages. Eine unbarmherzige Hitze hatte die Stadt im Klammergriff. Alle schliefen ihren komatösen Schlaf. Er tut nichts zum Wohl und nichts zur Sache. Er tut nur weh, dieser Schlaf. Nach drei Stunden bist du so zerstört, daß du wünschst, nie wieder aufzuwachen.

Das Gras auf den innerstädtischen Rasenflächen hatte längst aufgegeben, war grau, hatte sich niedergelegt. Das Laub der Bäume roch verbrannt, aschefarbene Blätter fielen unzeitig, wir zerrieben sie zwischen unseren Fingern zu Staub. Die Wespen wurden vor der Zeit böse. Und die Menschen waren es und blieben es.

Ich hatte Dauerkopfschmerzen. Und Koloman war das Wasser endlich zum Herzen gestiegen.

ing
IX.
Protokoll des Gregor B. – Abschluß

Die Mieterin der Wohnung hat also die Polizei alarmiert? Das war bestimmt ein grauenhafter Moment für die Frau. Ich meine: das viele Blut. Und – und das andere ...

Ich konnte doch nicht wissen, daß es gar nicht Annas Wohnung war. Sie bewegte sich darin mit schlafwandlerischer Sicherheit. Ich fand es ein bißchen leichtsinnig, den Schlüssel nicht bei sich zu haben, wenn man ein Leben auf der Flucht bestreitet. Aber es gibt doch Menschen, die die Angewohnheit haben, ihren Schlüssel nicht mitzunehmen, wenn sie auf Reisen sind, weil sie Angst haben, er könne ihnen abhanden kommen. Meine Mutter war auch so. Und Anna war ein kleines Mädchen, schien mir. Kleine Mädchen verlieren nun einmal ihre Schlüssel. Oder sie verlegen sie.

Sie hat ihn aus einem Blumentopf im Treppenhaus gezogen, danach waren ihre Hände ganz schwarz von der Erde. Sie muß darin gewühlt haben. Der Schlüssel lag tief unten. So etwas konnte doch nur jemand wissen, der ihn selbst dort vergraben hatte.

Nein, es fiel mir auch nicht auf, daß die Wohnung nicht wirkte, als ob sie seit längerem verlassen worden wäre. Dazu war es auch viel zu dunkel. Ich sagte bereits, Anna bewegte sich darin mit schlafwandlerischer Sicherheit. Sie wollte kein Licht machen, um nicht Aufsehen zu erregen, also zündete sie zwei Kerzen an. Eine stellte sie auf den Tisch im Wohnzimmer und hieß mich, Platz zu nehmen, die andere nahm sie mit und leuchtete damit in der Wohnung herum. Ich fragte, ob es nicht besser sei, wenn ich mitkäme, falls jemand hier gewesen war, aber sie verneinte.

./.

Hören Sie, es war die Wohnung einer Frau. Einer offensichtlich jungen Frau. Nicht mehr und nicht weniger. Ich besehe mir fremde Wohnungen nicht. Oder zumindest nicht näher. Natürlich habe ich, während Anna in der Küche war und uns etwas zu essen bereitete, mich ein wenig im Zimmer umgesehen. Das CD-Regal durchstöbert. Die Drucke an den Wänden inspiziert. Die Bücher, die überall herumlagen. Aber da findet man bei den meisten Frauen in dem Alter ähnliche Musik, ähnliche Dekorationsgegenstände, sogar ähnliche Bücher. Fotos waren nirgendwo zu sehen. Meine Freundin hat auch keine Porträtaufnahmen von sich in der Wohnung. Außerdem hielt ich mich den ganzen Abend über im Halbdunkel auf. Und das Bad war bevölkert von dem üblichen Frauenkram. Ich hatte doch keinen Grund, Argwohn zu schöpfen. Anna wußte sogar um das Weinversteck, sie brachte eine Flasche nach der anderen. Rotwein, tiefdunkler schwerer Rotwein. Sie trank unmäßig, wie ich fand, ohne betrunken zu werden. Merkwürdig, bei ihrer Zartheit. Ich wunderte mich auch über die Art, wie sie trank. Sie nippte ein Glas nach dem anderen. Sie schien immer nur zu nippen. Nur den letzten Schluck, den trank sie, als wäre es Hochprozentiges.

./.

Was mir aufgefallen ist, das waren die afrikanischen Masken. Rötlichschwarzes Holz. Halb Mensch, halb Pflanze. Langgezogene Schädel. Gestrecktes Kinn. Wucherungen anstelle von Extremitäten. Manche sahen aus, als könnte man sie von zwei Seiten aufhängen, auf den Kopf stellen, und sie wirkten noch immer exakt gleich. Die meisten waren blank gerieben, nur ein oder zwei schienen verwittert, in den Mäulern fehlten vereinzelt Zähne. Ich mochte sie nicht besonders, sie erinnerten mich an die nicht oder nicht wirklich faßbaren Gestalten aus den Alpträumen meiner Kindheit. In den Nächten, in denen ich allein in der Wohnung blieb.

Und es lagen viele Kleider, Blusen und Hosen im Zimmer verstreut, dazwischen auch zwei oder drei Perücken, platinblond, als müßte, als wollte sich jemand häufig umkleiden. Oder verkleiden. Eine Kleiderwechselstube, dachte ich einen Augenblick, aber mit Annas Rückkehr war auch der Gedanke wieder verschwunden.

./.

Dann? Dann haben wir weitergetrunken. Natürlich habe ich irgendwann bemerkt, daß etwas außer Kontrolle zu geraten drohte, aber was heißt das schon?! Ich war froh, daß mir das Dämmerlicht irgendwann nichts mehr ausgemacht hat. Wissen Sie, eigentlich mag ich das nicht. Meine Mutter hat mich als Kind nachts oft allein gelassen. Ich durfte kein Licht machen, damit ich mich nicht daran gewöhnte, damit kein Feigling aus mir würde, der nur bei Helligkeit schlafen könnte. Weil ich es aber trotzdem getan habe, hat Mutter damit begonnen, die Sicherungen rauszuschrauben und mitzunehmen. Ich hatte panische Angst in der nächtlichen Wohnung. Man kann stunden- und tagelang panisch sein. Wer es nicht erlebt hat, hält es nicht für möglich.

Anfangs also paßten mir diese fremde Wohnung und die Dunkelheit überhaupt nicht. Dann war meine Angst plötzlich wie weggeblasen. Weil die ganze Situation für mich einfach – nicht real war. Nicht real. Ich habe mir selbst beim Vollzug dieser Nacht beigewohnt, verstehen Sie? Verstehen Sie, was ich meine?

Entschuldigen Sie, ich wollte nicht laut werden.

./.

Anna rauchte nicht mehr. Wir redeten wenig, und in den ausgedehnten Gesprächspausen rieb sie sich die Unterarme, rieb mit dem Stoff ihrer Bluse darüber, in kreisenden Bewegungen, immer und immer wieder.

»Studierst du?« fragte ich, nur um das schlurfende Geräusch nicht mehr hören zu müssen.

»Ich hab eine Zeitlang Telefonmarketing gemacht.«

»Und jetzt nicht mehr?«
»Nein.«
Anna sah in Richtung der Tür.
»Einmal hat mich ein junger Mann gefragt, ob es mich störe, wenn er onaniert, während wir miteinander sprechen. ›Eigentlich schon‹, hab ich gesagt. ›Weshalb rufen Sie dann an?‹ Das war eine völlig naive Gegenfrage. ›Weshalb rufen Sie dann an?‹ Für ihn war ich eine Stimme und verfügbar, schließlich wollte ich ja etwas von ihm. Mein Körper war in diesem Moment meine Stimme, und er hat sich diese Stimme nehmen wollen. Der hat sich gar nichts dabei gedacht. Ich glaube, die meisten Männer denken sich gar nichts dabei, hm, Gregor?«

Ich sagte nichts. Schon seit langem ignoriere ich Fragen, die sich an ›uns Männer‹ richten.

»Oder vielleicht auch nicht.«

Anna machte eine wegwerfende Handbewegung.

»Vielleicht sind wir einfach nur eine Generation, die sich und anderen das Geplänkel erspart. Wir haben keine Zeit zu verlieren, um zu leben.«

Anna ließ den Mund einen Moment offen stehen. Ich sah einen Speichelfaden, der zwischen Zähnen und Zunge verharrte. Ich stellte mir vor, es wäre der erste Faden eines Netzes, um den es gesponnen werden würde. Die Spinnarbeit begänne genau jetzt.

Dann bekam ich Kopfschmerzen. Um mich davon abzulenken, fragte ich: »Wer bedroht dich? Wer verfolgt dich?«

Mit gepreßter Stimme sagte sie: »Du willst mich wirklich aushorchen, hm?« Sie schwieg. Schließlich fügte sie hinzu:

»Ok. Aber dann laß es uns wenigstens als Ratespiel machen. Nur Fragen, auf die man mit Ja oder Nein antworten kann. Einverstanden?«

»Einverstanden«, sagte ich. Aber ich blieb ungeduldig. »Du wirst also verfolgt?«

»Ja.«

»Das ist eine Tatsache?«

Sie sah mich prüfend an.

»Ja. Ja, natürlich.«

»Von wem? Mann oder Frau?«

Anna schwieg. Ich schwenkte den Rest Getränk in meinem Glas, bevor ich es wie sie in einem letzten Schluck stürzte. Anna schickte sich an, mir sogleich nachzuschenken. Vom Wein stieg ein Geruch nach Limonen in meine Nase, ich hielt die Hand über das Glas.

»In Ordnung, in Ordnung«, sagte ich. »Ist es – ein Mann?«

Sie zögerte lange. »Nein.«

»Also nicht der Schnauzbart in der Kneipe vorhin?«

»Ich hab doch gesagt, den kenne ich gar nicht.«

»Also eine Frau. Eine Freundin?«

Sie schwieg.

»Jetzt hältst *du* dich nicht an die Regeln, Anna.«

Anna fixierte einen Punkt an der Wand. Dann fragte sie: »Kennst du das Gefühl, wenn du jemanden ansiehst und plötzlich denkst: ›Womöglich wird nur einer von uns übrigbleiben?‹«

Sie schluckte, preßte dabei die Kiefer aufeinander. Ein leise knirschendes Geräusch war zu hören, unter dem dünnen Wangenfleisch sah ich die Muskeln tanzen. Anna zermahlte einen Gedanken.

»Übrig? Übrig wonach?«

»Formulier deine Frage um.«

Ich atmete hörbar aus. Das Spiel begann mich zu ärgern. Ich sah ein letztes Mal auf die Uhr, es war kurz nach vier. Ich begann wohl, die Konzentration zu verlieren.

»Du verstehst also nicht, Gregor?«

Annas Frage schien mich aus einer Tiefe zu rufen, die ich nicht überblicken, nicht überbrücken, nicht überwinden konnte.

»Das dachte ich mir schon, Gregor.«

Anna biß sich auf die Lippen.

»Das dachte ich mir.«

Mir wurde schwindlig.

./.

Anna stand auf und ging aus dem Zimmer. Ich ließ mich gegen die Rückenlehne des Sofas fallen, wollte einen Moment die Augen schließen, nur einen Moment. Ich blinzelte. Es gelang mir nur noch mit äußerster Mühe, die Lider zu öffnen. Ich hörte ein Telefon klingeln. Annas leise Stimme. Ein wiederkehrendes »Wer glaubst du, daß du bist? Wer glaubst du, daß ich bin?« Ich wußte nicht, ob ich mit den Worten gemeint sein könnte. Draußen kam Wind auf. Bei jeder Bö schlug der Stellhebel der Jalousie gegen die Lamellen und erzeugte ein beunruhigend dumpfes

Hämmern, das nachhallte, und dessen Nachhall wie ein Nachäffen klang.

Ich verfiel in leichten Schlaf. In einem Traum spürte ich Annas Körper an meiner Seite. Wir überquerten Arm in Arm eine Straße. Anna war so schmal, daß ich mit den Fingern meiner rechten Hand ihre Rippen fühlen konnte. Ich zog jeden einzelnen Rippenbogen nach. Und dachte plötzlich intensiv an einen Torso. Ihren Torso. An einen Knochen- und Fleischberg. Nein, keinen Berg. An dies wenige Etwas an Knochen und Fleisch.

Auf der anderen Straßenseite kamen wir in der Nacht an. Männer mit Masken erwarteten uns, halb Mensch, halb Pflanze. Sie trennten meine Finger einzeln von Annas Rippen, vorsichtig, mit langsam gesetzten Schnitten ihrer langen Messer, weil wir ineinander verwachsen waren. Dann hieben sie mit den stumpf gewordenen Klingen auf Annas Arme ein, bis ihnen eine klebrige, dunkelbraune Flüssigkeit entquoll. Anna sah mich an, das Leuchten in ihren Augen war verschwunden. Ich wußte, sie hatte keinen Blick mehr für mich.

Ich ging weiter, zog von diesem Traum in den nächsten. Er bestand daraus, alle Träume wieder zu träumen, die ich je geträumt habe. Besonders die meiner einsamen Nächte allein zuhause. Ich sah mich mit starren Kiefern ins Dunkel gekauert, die Haare aufgerichtet in meinem Nacken, an meinen Armen. Ich konnte meinen Mund nicht mehr schließen. Mit weit geöffneten Augen spürte ich, wie mir Speichel auf die Fußknöchel troff, Speichel, den ich nicht schlucken konnte, weil mein Hals schmerzte, weil meine

Kiefer krampften. Ich kauerte. Dann riß die Stille, riß wie ein Stück Stoff. Seide.

./.

Man findet oftmals mehr, als man zu finden glaubt.
Ich hörte diese heisere Stimme, immer und immer wieder. Ich dachte, auch dies sei ein Traumbild gewesen. In einem dieser Träume. In einer dieser Nächte. Als ich zwischen Wachen und Sterben lag.

Ich kann nicht sagen, ob es eine männliche oder weibliche Stimme war. Sie war heiser. Sie flüsterte, sie hauchte, fragte mich, von wem das Zitat stamme.

Man findet oftmals mehr, als man zu finden glaubt.
»Corneille«, sage ich.
»Blödsinn!« erwidert die Stimme. »Denk noch mal nach, streng dich gefälligst ein bißchen an.«
»Corneille«, sage ich noch einmal, »Corneille, Corneille.«

Eine Detonation. Ich spüre, wie sich etwas Wühlendes, Festes in mir einnistet. Es ist kalt, aber mir ist nicht kalt. Es fühlt sich an wie eine zu lang durchwachte Nacht. Einen Moment kann ich die Stille riechen. Sie riecht nach gerösteten Kaffeebohnen.

Dann bin ich im forensischen Krankenhaus erwacht.

./.

Bitte, kann ich noch eine Zigarette haben? Das Schlucken fällt mir wieder schwer. Danke.

Die Kugel streifte also nur den Schädelknochen.

Ich weiß noch nicht so genau, ob ich Glück hatte. Jede Nacht erlebe ich diese Nacht wieder. Selbstverständlich mache ich mir Vorwürfe. Obwohl ich nicht verstehe, weshalb mir Anna diese Drogen in den Wein gemischt hat. Sie sagen: Neben anderem war es ein Tamarindenextrakt?

Manchmal denke ich: Anna hat sich in ihr Verderben gerettet. An diesem Abend hat sie sich in ihr Verderben gerettet.

Was ich damit meine? Wir hätten nicht in diese Wohnung gehen sollen, was sonst?

Nein, und sonst nichts, natürlich nicht! Ich hatte doch sofort angegeben, daß ich mit Anna unterwegs gewesen bin. Den ganzen Abend. Weshalb hätte ich auf sie schießen sollen? Weshalb? Weshalb?

Was meinen Sie mit: ›Hat sie sich Ihnen etwa nicht verweigert?‹ Von Sex war nie die Rede zwischen uns. Nie die Rede. Es gibt, wie ich schon sagte, einen Punkt, ab dem ich die Ereignisse nicht mehr zuordnen kann. Ich weiß nicht, was dann passiert ist. Das nächste, woran ich mich genau erinnere, ist diese entsetzliche Stimme im Dunkeln.

Alles andere ist doch Unsinn. Ich erschieße Anna, bringe die Leiche weg, danach kehre ich in die Wohnung zurück und schieße mir selbst in den Kopf. Weil im Polizeibericht steht: ›Der Schußkanal bei Gregor B. läßt offen, ob es sich um eine versuchte Selbsttötung handelt.‹

Ich verstehe nicht, weshalb Sie mich das wieder und wieder fragen. Ich dachte, ich solle Ihnen lediglich helfen bei der Rekonstruktion des Tathergangs? Nein, ich habe noch nie eine Schußwaffe besessen, ich könnte auch gar nicht damit umgehen. Das ist doch längst geklärt. Ich weiß auch nicht, woher das Waffenöl in meiner Jackentasche stammt. Eine Waffe hat man ja nicht gefunden. Und wenn ich geschossen hätte, hätte ich ja zumindest Schmauchspuren an der Hand haben müssen, nicht wahr?!

Entschuldigen Sie, aber weshalb wiederholen sich bestimmte Fragen endlos? Es scheint, als hielten mich einige entgegen aller Gesetze der Logik noch immer für den Täter. Weil ich vorhatte, mehr von jemandes Persönlichkeit zu erhaschen als das wenig großzügig und wenig großherzig zwischen Tür und Angel Genagelte, das man üblicherweise erhält?!

Ich versuche mich zu erinnern. Mehr kann ich wirklich nicht für Sie tun.

./.

Aber wenn das Blut von zwei Menschen stammt, von mir und einer anderen Person, wenn es Spuren von Hirnflüssigkeit an der Wand gibt, die genetisch mit dem Blut der anderen übereinstimmen – ist es denn überhaupt sicher, daß es sich dabei um Annas Blut handelt? Braucht die Polizei dafür nicht Vergleichs-DNA?

Man hat nie eine hundertprozentige Sicherheit?

Also könnte es auch das Blut von jemand anderem sein? Außer von mir natürlich. Dann ist also auch nicht sicher, ob Anna tot ist? Sie selbst könnte auf einen Dritten geschossen haben?

Und die Wohnungsbesitzerin? Kennt sie Anna wirklich nicht? Also geht man weiterhin von einer Verwechslung aus? Und fragt sich nicht, weshalb sich Anna so gut in der Wohnung auskannte?

./.

In Ordnung. Ich habe auch nur laut gedacht. Dann wären wir jetzt durch? Ich kann gehen?

Auf Wiedersehen. Auf Wiedersehen.

./.

Das heißt – einen Moment bitte. Mir ist noch etwas eingefallen.

Die Stimme, sie hatte Unrecht.

Das Zitat. Es *ist* von Corneille.

X.
Kayseri Fried Chicken

41.

Kurz vor Mittag, als der Grantler starb, hatte ich Ines zufällig auf dem Markt getroffen. Ich wollte zu Koloman, noch einmal mit ihm kochen, doch bislang war ich über Sellerie, Zwiebeln und Knoblauch nicht hinausgekommen. Ines schlug vor, in ein Kaffeehaus zu gehen, sie hakte sich bei mir unter. Ein wenig widerwillig stimmte ich zu und setzte durch, daß wir bei ›Kayseri Fried Chicken‹ einkehrten, weil ich darin die Uhr an der gegenüberliegenden Bushaltestelle im Blick behalten konnte. Zwanzig Minuten, dachte ich. Oder fünfundzwanzig. Höchstens dreißig.

Wir setzten uns auf zwei Hocker an einem Stehtisch, direkt unter dem Ventilator, der wenig gegen die brütende Hitze half; es war stickig im Raum, nach weniger als zwei Minuten stand mir der Schweiß auf der Stirn, lief mir in kleinen Rinnsalen in die Ohren, bildete Rorschachkleckse unter meinen Achseln, die einen vagen Lauchgeruch verströmten.

Hingegen ging von Ines' Haut ein Kakaoaroma aus. Sie hatte einen tiefen Braunton angenommen, beinahe verbrannt wirkte sie, und der Kontrast erhöhte sich noch, als unsere Arme nebeneinander auf der Tischfläche zu liegen kamen. Ines trank türkischen Mokka, dazu Prosecco aus einer kleinen blauen Flasche, die sie aus ihrer Tasche zog. Sie berichtete, daß sie sich von ihrem Juwelier getrennt hatte. Er schien einfach keine Zeit für eine Frau an seiner

Seite zu haben. Und zum Betteln sei sie schließlich nicht auf der Welt. Ines erzählte aufgeregt, aber nicht empört, sie rauchte dreimal mehr Zigaretten als ich. Ich dachte an den Moment, als wir uns zum ersten Mal geküßt hatten. Ihr Ringfinger machte jetzt die gleichen kreisenden Bewegungen, als sie sich das Haar aus dem Gesicht strich.

Der Dönerverkäufer sagte laut: »Mit Scharf? Brennt zweimal!« Mit einem schwungvollen Heber des Löffels, durch den er nach Art eines Salto rückwärts das zermahlene rote Paprikapulver elegant auf den Kebab beförderte, nahm er meine Aufmerksamkeit gefangen. Kein Stirnrunzeln aus Furcht, es könnte etwas daneben gehen, kein Anzeichen jongleurhafter Konzentration in seinen Mienen. Er würdigte das breitbeinig vor ihm liegende Fladenbrot und seinen Kunden keines Blickes. In mir erwachte eine Sehnsucht, mich ähnlich traumwandlerisch in meinem Leben zu bewegen. Und Appetit auf Hammelfleisch.

»Impotent«, hörte ich Ines sagen, »war er außerdem. Er mag keine Schokolade. So ein Idiot!«

Unsere Blicke begegneten sich, gleichzeitig begannen wir zu lachen. Ich wußte, daß Ines nicht aufhören würde, mich zu mögen, ohne mich je wieder zu lieben. In Ordnung, dachte ich, in Ordnung.

Zwei angestrengt gutaussehende junge Männer betraten den Imbiß, die Haare zu feinen blondierten Strähnen gegelt, die der Sonne standzuhalten schienen. Sie bestellten mit den Augen, beantworteten alle Fragen mit den Augen, bezahlten mit den Augen. Der Tiroler verabscheue das überflüssige Wort, meinte Koloman, und im Grunde sei jedes Wort überflüssig, »Ja, ja, nein, nein, soll deine Rede sein. Angewandte Soziopathie«, grantelte er.

»Was ist mit deinen Händen?« fragte Ines unvermittelt und griff nach ihnen. Erschrocken entzog ich sie ihr und begutachtete ihre Außenseiten, dann ihre Innenflächen. Nichts, da war gar nichts. Dann sagte ich es auch, ein wenig empört: »Nichts, da ist doch gar nichts.«

»Genau«, sagte Ines und grinste. Sie nippte an ihrem Mokka. Ich schürzte die Lippen und zielte mit einer vertrockneten Olive, die von einem Frühstück an unserem Tisch übrig geblieben sein mußte, auf ihre Tasse. Ich berechnete rasch den Fallwinkel der Frucht, warf schließlich mit einem kaum merklichen rechten Vorhalt.

»Daneben«, rief Ines triumphierend und zeigte ihre Zähne. Sie hatte den Mokka mit einem leisen Schwung aus dem Handgelenk rechtzeitig in Sicherheit gebracht.

Auf dem Bürgersteig flanierte eine Horde halbnackter weiblicher Teenager, aufgespießt auf ihre Schminkpinsel, mehr angerichtet oder hingerichtet als hergerichtet. Hinter ihnen patrouillierten Tauben und pickten an Speiseresten und Erbrochenem. Einem vielleicht vierjährigen Mädchen fiel eine Kugel Eis von der Waffel, den gierigen Vögeln direkt vor die Schnäbel. Sie zeigte darauf, dann hörte ich, wie es seine nur um ein weniges ältere Schwester fragte: »Magscht *du* das noch?«

Hin und wieder hatte ich bereits verstohlen auf die Uhr draußen geblickt, es war schon nach zwölf. Ines registrierte meine Unruhe, sie strich mir sachte mit einem Finger über den Handrücken und sagte: »Du mußt los.«

Ich nickte. Dann sagte ich: »Ich hätte da noch ein paar Fotos, die würde ich gern mit dir teilen. Alle sind mir zuviel in meiner Wohnung.«

»Ja«, sagte Ines, »ein paar Fotos hätte ich schon gern.«

Bevor ich ging, lehnte ich meine Stirn flüchtig an ihre. Ich vermeinte, Rosenwasser zu riechen. Ines lächelte.

»Grüß mir den Hund.«

Sie winkte zum Abschied von hinter der Kaffeehausscheibe. Meine schöne Fensterputzerin, dachte ich, meine schöne Fensterputzerin.

42.

Zur Beerdigung gab ich Koloman meine Muscheln mit auf den Weg. Ich nutzte den letzten unbeobachteten Moment, bevor die Trauergäste in die Aussegnungshalle einfielen, und ließ die schönsten Exemplare an den Seiten seines Sarges hinuntergleiten. Es war ein leise schlurfendes Geräusch. Wenn man genau hingesehen hätte, hätte man die weißbraunen Sprenkel auf dem bordeauxroten Samt des Sargbodens sehen können. Ich wollte, daß Koloman drüben ein Zahlungsmittel hatte. Vielleicht war dort Granteln bei teurer Strafe verboten, und ich konnte mir partout nicht vorstellen, daß er es, mir nichts, dir nichts, aufgäbe, nur weil er jetzt tot war.

Von weitem sah ich Kolomans geschiedene Frau, neben ihr stand ein alter Mann, der eine elektronische Sprechhilfe an seinen Kehlkopf hielt; mit der rechten Hand stützte er die Frau neben sich, die linke schwebte immer über dem Hals. Hin und wieder wurden maschinell verzerrte Worte vom Wind zu mir herübergetragen. Dann hörte ich ein blechern tönendes Vaterunser.

Als einziger kondolierte der Holetschek. Ich hatte ihn schon während der Trauerfeier bemerkt, er schien alles andere als ein routinierter Beerdigungstourist (als Jugendlicher dachte ich, ab einem bestimmten Alter werde man das von selbst, ein routinierter und mehr oder weniger begeisterter oder zu begeisternder Beerdigungstourist). Das ›original Dreiviertelgesicht‹ schnaufte unablässig, putzte sich mit einem großen Schnupftuch Mund, Augen und Nase – erneut schimmerte da ein Silberfaden, den er vergaß, mit seinem Tuch abzuwischen –, dann fuhr er sich damit übers Haupt, auf dem sich die Oberlichter der Aussegnungshalle spiegelten. »So hurtig, aber so hurtig«, sagte er am offenen Grab in weinerlichem Tonfall, nickte, schüttelte den Kopf und mir beharrlich die Hand, bis der Regen wieder einsetzte, der seitdem nicht mehr aufhören hat wollen. Ich schenkte dem Holetschek zum Abschied Kolomans Beerdigungshut. Er wird bestimmt nicht zurückkehren, um ihn zu holen.

43.

Ich war mit dem Ausräumen von Kolomans Wohnung beschäftigt, pendelte mit den Umzugskartons, in die ich einige von seinen Habseligkeiten und die gute Trute gepackt hatte, zwischen den offenen Wohnungstüren hin und her. Schon von weitem sah ich vor meiner einen Mann stehen, der einen dunklen Trenchcoat, Sonnenbrille und Handschuhe trug.

»Julio C. Rampf?« fragte er. Ich bejahte mechanisch. In demselben eintönig schnarrenden Kanzleistil mit auserlesen wenigen österreichischen Dialektmerkmalen leierte er meine Adresse herunter.

»Aber ja doch«, sagte ich gereizt. Ich hätte gern den Karton abgesetzt, der mir zu schwer wurde, aber der Mensch, der seine Sonnenbrille trotz des Halbdunkels im Stiegenhaus noch immer nicht abgenommen hatte, nahm, so wie er stand, zuviel Platz auf dem Absatz ein. Er räusperte sich, dann hielt er mir einen Packen hin. Ich deutete mit dem Kopf auf den Karton. Er trat zur Seite, ich setzte meine Last seufzend ab und nahm ihm das Bündel aus der Hand. Es enthielt Umschläge, Standardumschläge mit meinem Namen und meiner Adresse. Sechzehn Stück.

Ich nahm den Kanzlisten genauer in Augenschein: mittelgroß war er, mittelkräftig, in der Tat, und sicher auch mittelalt. Ich atmete lauter als nötig aus.

Weshalb er zu mir komme, fragte ich ihn, weshalb jetzt, weshalb mit sechzehn Briefen.

Ein Schrank von einem Mann, der andauernd oder vielmehr ausdauernd gehustet habe, sei zu Besuch gewesen, der habe ihn veranlaßt, mich aufzusuchen und mir freizustellen, ob ich die Briefe weiter wie bisher oder gleich alle auf einmal bekommen wolle. Ihm sei's gleich, er habe das Geld im vorhinein erhalten. Und das monatliche Reisen tue seiner Gesundheit gut. Familie habe er ohnehin nicht. Ihm sei's gleich.

Ich stutzte. Vor mir stand der Mann, der seit anderthalb Jahren mein Leben bestimmt hatte. Oder von dem ich glaubte, er hätte anderthalb Jahre mein Leben bestimmt. Ich hätte ihn gern gebeten, wenigstens die alberne Sonnenbrille abzunehmen, aber ich fürchtete, in seinen Augen ebensowenig lesen zu können wie in seiner ganzen Gestalt. Vor mir stand ein menschliches Vakuum. Würzlos, tatsächlich würzlos, dachte ich. Fast widerwillig, als müßte ich mich selbst überwinden, fragte ich, wer sein Auftraggeber sei.

»Anonym.«

»Und die Geldübergabe?«

»Barscheck. Unterschrift unleserlich. Vielleicht Aufschluß über Bankauskunft.«

Ich winkte ab, spürte aber einen Ruck durch mich hindurchgehen.

»Daß Sie einen solchen Auftrag ausgeführt haben –«

»Ja?«

»Im vollen Bewußtsein, daß –«

»Ja?«

»Daß Sie das mit sich haben machen lassen –«

»Ja?«

»... läßt darauf schließen, daß dabei eine Menge Geld im Spiel war.«

»Ja.«

Ich sah, wie sich mein Gesicht im dunklen Plastik der Sonnenbrille spiegelte. Ich fragte mich, ob gleich die altvertraute Mutlosigkeit in mir aufsteigen würde, aber sie blieb aus. Einen Moment wog ich die Umschläge. Dann gab ich sie zurück. Ich bat ihn, er möge sie mir wie bisher zustellen lassen und zwang mich dazu, ihm die Hand zu schütteln. Er erwiderte meinen Druck nicht, das Leder der Handschuhe fühlte sich merkwürdig fasrig und kalt an. Mit einer kleinen Bewegung griff er sich abschließend in die Brusttasche seines Trenchcoats und händigte mir einen Brief aus, ich erkannte die Schrift des Grantlers. Dann verbeugte er sich unmerklich und ging, sich am Handlauf festhaltend, langsam die Treppe hinab.

Ich stellte den CD-Spieler an (James *Getting away with it*), legte mich aufs Bett, das Herz schlug mir bis zum Hals. Ich rauchte eine Zigarette an. Wie ein Teenager begann ich, meine Beine an der Wand hochzustrecken und dabei den Tabak zu inhalieren. Ich besah mir Kolomans Brief aufs genaueste: die steile, achtsam gesetzte Schrift aus Druckbuchstaben, beinahe ohne Rundungen, die schwarze Füllertinte, die in seltsamem Widerspruch stand zu dem aus einem linierten Heft herausgerissenen Blatt, das Tintenkleckse und -schmierer an allen vier Ecken aufwies (und sogar einen Daumenabdruck). Es dauerte die Länge einer Zigarette, bis ich mir klargemacht hatte, daß ich diesmal nicht angetreten war, durch Aussehen oder Geruch etwas über den Urheber herauszufinden, sondern daß ich das Schreiben – lesen könnte, einfach so, wie ich es jetzt vor mir in meinen Händen hielt.

Julio!

Du hast doch nicht ernsthaft geglaubt, daß ich mich mit dem zufriedengebe, was der Holetschek erzählt hat? Wenigstens einen Fall habe ich noch lösen wollen, vielleicht als Wiedergutmachung für den, den auch du jetzt kennst und an dem ich seinerzeit gescheitert bin. Wenn man diese Postler richtig anpackt, kommt auch etwas Anständiges aus ihnen heraus. Zumindest beim Schwager vom Holetschek. Er ist eine Variation über das Thema: Edle Einfalt, stille Größe. Die Einfalt hat gesiegt.

Aber hier und jetzt ist die Geschichte zu Ende. An die Banken kommt nicht einmal unsereins ran. Zumindest weißt Du jetzt, wie lange es noch geht. Du kannst es abkürzen oder bis zum Schluß durchziehen. Ein angenehmes Gefühl, mein lieber Julio, nicht wahr?

Gerade hab ich beim Fenster rausgeschaut. Ich glaube, es wird ein guter Tag, obwohl ich ihn überhaupt nicht leiden mag.

Koloman

Umseitig fand ich noch zwei Nachschriften. Da stand:

PS: Ich hab nachgeschlagen: Das Zitat ist tatsächlich von Pierre Corneille. Und das Theaterstück heißt: »Der Lügner«.

PPS: Und das mit Deinen Briefchen – vielleicht war's ja wirklich ich …?!

44.

Heute abend ist Probe. Ich lege mein Schreibzeug nieder, stehe auf und strecke mich. In meinem Rücken knacken zwei Wirbel. Tadzio hebt den Kopf, an das Geräusch kann er sich nicht so leicht gewöhnen, er spürt die Unruhe im

Zimmer und richtet sich allmählich auf. Ich streiche ihm über das Fell (er riecht noch immer, daran kann *ich* mich nicht so leicht gewöhnen), streiche über die Schnauze des unter Tadzios Läufen eingesackten Pandabären, den ich vor Tagen ausgenommen habe. Sein Pelz ist nunmehr Tadzios Lieblingsplatz.

Ich packe die Gitarre in meine Tasche, die ich wie einen Rucksack schultere, wedle mit der Leine. Tadzio springt auf, ergreift ihr am Boden schleifendes Ende und beginnt, spielerisch daran zu zerren. Er läßt ein freudiges Knurren hören. Fast synchron treten wir in den Regen, der jetzt nur noch so sachte fällt, als befürchtete er, jemanden zu stören. Der ausgetrocknete Boden kann die Feuchtigkeit nicht mehr aufnehmen. In den Vorgärten stehen große, lehmigbraune Pfützen, auf denen Öl schwimmt. Die Straße riecht nach Rost, nach feuchtgewordenem Staub, pulverisiertem Rauch. Vogelschwärme lassen sich mit nassem Gefieder in die Baumkronen fallen. Von den Bergen her ziehen seidene Schnupftücher über die Stadt, tragen den Geruch ersten Schnees vom Hochgebirge (dort schmelzen die Gletscher unisono).

Wir passieren eine Fußgängerunterführung mit einem Hindernis für Radfahrer. Auf dem Geländer, dessen Metall die Feuchtigkeit des Tages zu speichern scheint, tummelt sich ein Schwarm Fliegen. Ich verbiete mir, es anzufassen. Als ich daran vorübergehe, fliegen die Insekten auf und mir ins Gesicht.

Kaum habe ich die Erzherzog-Eugen-Straße erreicht, kommen mir in unvorstellbar langsamem Tempo vier orangefarben blinkende Warnlichter entgegen. Ein Pannendienst-Wagen schleppt einen anderen ab. Die Fahrer sind sich der Situation bewußt und versuchen, mit äußerst konzentrierten Mienen hinterm Steuer einen Rest Würde zu bewahren. Zwei dicke Kinder, die vor mir gehen, ihre Schultaschen geschultert, winken den ÖAMTC-Autos zu.

An der Bushaltestelle niesen Innsbrucker Hausfrauen. Ich ziehe es vor, das Wartehäuschen gar nicht erst zu betreten, lehne mich von außen gegen das Plexiglas und heiße Tadzio in der Obhut meiner Beine sitzen. Ein kleiner blonder Mann neben mir umarmt eine große brünette Frau, die, von seinem Schwung überwältigt, ein wenig in den Knien einknickt. Beide lächeln.

Gegenüber ist eine Baustelle, die mit einem Bretterverschlag von der Straße abgetrennt ist. Ein einziges Plakat hat darauf Platz gefunden, mit der Aufschrift: ›6.–7. Oktober: Finalkämpfe Jugend B Latein – Sporthalle der Universität‹. Seit Latein zum Kampfsport deklariert worden ist, strömen auch wieder die Zuschauer, denke ich.

Drei alte Männer mit grauen Bärten stehen um die Baustelle herum und sehen den Arbeitern über die Schulter; hin und wieder kommentieren sie das Geschehen und geben Ratschläge. Die Bauarbeiter machen einen südländischen Eindruck, scheinen kein Wort Deutsch zu verstehen. Wahrscheinlich erleichtert das ihre Situation.

Der Bus kommt, die Schniefnasen treiben uns vor sich her. Ich suche nach Kleingeld, Tadzios Krallen scharren bereits über den Belag im Fahrzeuginneren. Er drängt nach hinten. Er drängt immer nach hinten, möchte auf den letzten Platz, möchte hinaussehen, sehen, wie sich die Welt von ihm wegbewegt, und ich, ich folge seinem Blick nicht, sonst würde mir auf jeder Busfahrt schlecht.

Seit Tagen freue ich mich auf die Probe. Und darauf, den nächsten Schnaps mit meinem Postmann zusammen zu trinken, um mir mein Motivationsschreiben abzuholen. Ich freue mich auf Tadzios Glück, er hat meinen allmonatlichen Besuch noch nicht kennengelernt, ich habe ihn erst eine Woche nach Kolomans Beerdigung aus der Tierpflege geholt. Ich stelle mir vor, wie er den Postler empfangen wird: die Nase und die feuchten Äuglein des Hundes würden plötzlich im Türspalt auftauchen, dann striche er dem Hutträger zwischen den Beinen umher, ohne auch nur die geringsten Anstalten zu machen, an ihm zu riechen, und würde versuchen, sein rechtes Bein zu besteigen. »Aus, Tadzio, aus«, würde ich rufen, und zur Abfindung hielte ich den Wacholder bereit.

45.

Tadzio springt auf, erinnert mich an den Ausstieg. Es hat aufgehört zu regnen. Ich mache ihn von der Leine los, er bedankt sich mit lautem Kläffen und springt einige hastige Schritte voraus. Mir ist, als ob das spielende Tier, das immer und immer den Kopf zu mir zurückwendet, mir zulächelte, als ob es hinausdeutete ins Verheißungvolle.

Und ich mache mich auf, ihm zu folgen.

Inhalt

    I. Zwischen Malmö und Mailand   Seite 7
   II. Rucola und Ameisen   Seite 23
  III. Rock'n Roll?   Seite 53
  IV. Ein schiefstehendes ›H‹   Seite 75
   V. Protokoll des Gregor B.   Seite 95
  VI. Der Holetschek kommt ins Spiel   Seite 111
 VII. Protokoll des Gregor B. – Fortsetzung   Seite 139
VIII. Das ist mein Beerdigungshut   Seite 153
  IX. Protokoll des Gregor B. – Abschluß   Seite 175
   X. Kayseri Fried Chicken   Seite 189

Playlist

1. Beatles: Eleanor Rigby
2. Arlen / Harburg: Somewhere over the Rainbow
3. Kate Bush: Running up that Hill
4. Iron Butterfly: In-a-gadda-da-vida
5. Nirvana: Smells like teen spirit
6. At the Drive-In: Non-Zero Possibility
7. Phantom Planet: First things first
8. Sidney Bechet: Petite Fleur
9. Miles Davis: Fahrstuhl zum Schafott / Titelsequenz
10. Freddy Quinn: So schön, schön war die Zeit
11. Interpol: Slow Hands
12. Franz Ferdinand: The Dark of the Matinee
13. Elefant: My Apology
14. Thom Yorke: Harrowdown Hill
15. Young Gods: Nous de la lune
16. Roland Kirk: March on, Swan Lake
17. Momus: Professor Shaftenberg
18. James: Getting away with it

Herzlichen Dank ...

... für Lektorat, Korrektorat und Ideenaustausch ganz besonders an Ursula Rossel Escalante Sánchez, Annette Kosakowski, Petra Wägenbaur, Alain Claude Sulzer, Joachim Zelter und Boris Lavicka;

... an den Förderkreis deutscher Schriftsteller in Baden-Württemberg e.V. für das Arbeitsstipendium, das mir die Verfertigung des vorliegenden Buchs ermöglichte;

... an die geduldigen Pressestellen der Deutschen und der Österreichischen Post AG, die mir nach intensiven Recherchen versicherten, daß anonyme Einschreiben zwar laut Allgemeinen Geschäftsbedingungen nicht vorgesehen, de facto aber möglich seien, auch zugestellt würden – und hin und wieder tatsächlich verschickt würden.

© 2009 Klöpfer und Meyer, Tübingen.
Alle Rechte vorbehalten.
ISBN 978-3-940086-37-2

Lektorat: Petra Wägenbaur, Tübingen.
Umschlaggestaltung: Christiane Hemmerich Konzeption und
Gestaltung, Tübingen.
Herstellung, Gestaltung und Satz: niemeyers satz, Tübingen.
Druck und Einband: Pustet, Regensburg.

Mehr über das Verlagsprogramm von Klöpfer&Meyer finden Sie unter
www.kloepfer-meyer.de